{ 爱上阅读·中小学生晨读精品选 }

高长梅　许高英　主编

Zou jin shi yue

走进十月

de lin di

吴垠康 著 的林地

九州出版社
JIUZHOUPRESS ｜ 全国百佳图书出版单位

图书在版编目（CIP）数据

走进十月的林地 / 吴垠康著. —— 北京：九州出版社，2014.10
(2021.7 重印)

（爱上阅读：中小学生晨读精品选 / 高长梅，许高英主编）

ISBN 978-7-5108-2853-9

Ⅰ.①走… Ⅱ.①吴… Ⅲ.①散文集 – 中国 – 当代Ⅳ.①I267

中国版本图书馆CIP数据核字（2014）第253780号

走进十月的林地

作　　者	吴垠康　著	
出版发行	九州出版社	
地　　址	北京市西城区阜外大街甲35号（100037）	
发行电话	（010）68992190/3/5/6	
网　　址	www.jiuzhoupress.com	
电子信箱	jiuzhou@jiuzhoupress.com	
印　　刷	北京一鑫印务有限责任公司	
开　　本	720 毫米 × 1000 毫米　16 开	
印　　张	9.5	
字　　数	155 千字	
版　　次	2015 年 5 月第 1 版	
印　　次	2021 年 7 月第 5 次印刷	
书　　号	ISBN 978-7-5108-2853-9	
定　　价	36.00 元	

阅读随想（代序）

爱上阅读。阅读能使我们进一步获取智慧，获取解决问题的方法与能力。

微信中，有一篇叫《读书的十大好处》的文章流传颇广。它概括的所谓十大好处独树一帜：1. 养静气，去躁气；2. 养雅气，去俗气；3. 养才气，去迂气；4. 养朝气，去暮气；5. 养锐气，去惰气；6. 养大气，去小气；7. 养正气，去邪气；8. 养胆气，去怯气；9. 养和气，去霸气；10. 养运气，去晦气。

微信中，还有一篇文章也被大量转发，叫《读书是最好的美容》。文章认为，"人通过读书，在幽幽书香潜移默化的熏陶下，浊俗可以变为清雅，奢华可以变为淡泊，促狭可以变为开阔，偏激可以变为平和"。的确，打开书，便打开了一扇面对世界的窗口，你读天，无际的长天予你灵性；你读地，宽厚的大地赠你理性。打开书，便打开了一面审视生命的镜子，那扑面而来的真善美令人陶醉。

还是微信中的一篇文章，叫《通过阅读解决自己的困惑》。文章认为，阅读不能仅仅是小清新、轻口味、品时尚的浅阅读，有时还得"重口味"。阅读即要脚踏实地，要观看现实，了解人类文化的百态，知识的种种。但是只看"大地"那是不够的，还需要仰望星空，还要读读诸如《论语》、

《庄子》之类的书,以加深我们对人性的理解且不丧失对智慧的信心。

再引用著名作家王蒙先生2013年9月发表在《人民日报》上的《"攻读"的日子哪里去了》中的一段话:离开了阅读,只有浏览与便捷舒适的扫描,以微博代替书籍,以段子代替文章,以传播代替学识,以表演代替讲解,将会逐渐使人们精神懒惰,习惯于平面地、肤浅地接受数量巨大、获得廉价、包含着大量垃圾赝品毒素的所谓信息,丧失研读能力、切磋能力、求真求深的使命与勇气,以至连讨论追究的习惯也不见了,苦思冥想的能力与乐趣也没有了,连智力游戏的水准也降到幼儿级别以下了。这样下去,我们会空心化、浅薄化与白痴化,我们的宝贵的头脑的皱褶将渐渐平滑,我们的"灵"的思辨思维功能将渐渐萎缩,而我们的大脑将只剩下海量获得八卦式的信息然后平面地记忆下来、转销出去的"肉"的能力。

杨绛说得更好:读书正是为了遇见更好的自己。读书到了最后,是为了让我们更宽容地去理解这个世界有多复杂。

爱上阅读。阅读提升我们的素养,阅读最终将改变我们的人生。

第一辑 **悠悠岁月**

第二辑 大地走笔

第三辑 人间真情

第四辑 生活小品

第五辑 世相杂谈

 校园琐记

第七辑 文心絮语

第一辑

悠悠岁月

　　日月交替,四季轮回,欲望与朝气比肩的春天,并不因为你的眷恋而叫停挥别的手臂,她必须腾出刚刚坐热的椅子,移交下一个季节。然而,当春天淡定的身影,消失在山嘴的拐弯口时,从历史深处蓄积的香泪,已婉约出忧伤的细流。

盐事琐记

临近中午下班,家人来电,食盐告急,周边超市商店均无盐可售,再不想办法晚上淡饭侍候。

这是日本东北发生九级地震后的第六天,各大门户网站醒目位置除了日本灾情、利比亚战况,还有国内各地抢购食盐的新闻。而被福岛核电站泄漏污染的海水将不能制盐、碘盐可防核辐射等民间传闻,则有鼻子有眼地挑逗着人们从众跟风的神经。

对于核,普通民众虽未谋面,但1945年美国在广岛用两颗原子弹就炸蒙了日本肆意蹂躏的铁蹄,1986年切尔诺贝利核电站爆炸使乌克兰人至今仍被罹患癌症的阴霾笼罩,那原本看不见摸不着的核,就有了神魔的法力,谁都谈之色变、避之不及。有人说,核能开发是与虎谋皮,如同马戏团的老虎,关在笼子里可以坐收渔利,一旦笼子洞开就在劫难逃。现在,被制服的核借助地震乱局,从反应堆里钻出来,张牙舞爪,面目狰狞,几人能镇定自若? 大难临头,人皆自危,这正是商家囤积居奇趁火打劫、民众盲目跟风制造混乱的肥沃土壤。政府部门当然不能缺位,赶紧辟谣吧,但辟谣的过程在一定程度上也是为谎言鸣锣开道、推波助澜的过程,以致日本的地震在我们的家园迅速诱发了一场气势汹汹的盐震。

谣言止于智者。我虽不想妄评别人的智愚,也不敢说自己就是智者,但觉得日本的核泄漏离我的生活如地理概念一样遥远,去抢盐,那不是撅起屁股让人看笑话嘛。只是家中正等盐下锅,总不能放任餐桌闹情绪吧,下班时,顺便走进一家超市,售货员误以为我是来抢盐的,甚至对我迟钝的反应有些鄙夷,说盐早抢光了,酱油要不?好在妻子不上网,不读报,掌握的知识比我少,处事的理性比我差,就知道把盐弄进厨房是当务之急,跑遍全城,最终以配购一桶色拉油为条件,搞到几小袋盐。

从有关部门治理"谣盐"时对理性的呼唤看,我自信属于主流社会期望的理性者,但理性一旦遭遇强大的非理性,就是秀才遇见兵,别指望谁拍案而起替你抱不平。如此看来,非理性者能获得物质或精神的慰藉,理性者要面对无盐的困局,就不怎么幽默了。如同前几年我身体力行抵制炒房,最后工资虽涨了点,但因涨不过房价,不得不寄人篱下。先下手为强,老祖宗这一实践智慧,在颠覆固有秩序时屡试不爽,这大概也算一种草根文化吧!那么,如果被某种文化包围了,是不是要宿命地缴械投降呢?譬如我,先把自己否定掉,再对理性与非理性做出截然相反的判断。

盐,撒在敏感的伤口上是一种痛苦,那就让它在岁月里发潮吧。

闲暇季节,放下农具的乡下人喜欢扎堆,甲用脚尖在乙的膝盖窝里踩了一下,毫无防备的乙一下子跪倒在地,正要发火,甲嬉皮笑脸地说,没吃盐啊,快喊老婆上我家借去。在乡下人看来,盐是强筋健骨的营养品,否则就不能靠体力实现生存权、话语权和发展权。20世纪六七十年代,或因出工没时间上街买盐,或因疏忽不知道盐已告罄,或因家贫买不起盐,借盐在邻居间并不鲜见,而借的单位不是多少两,不是多少斤,而是多少匙。盐非贵重之物,但还盐时宜多不宜少,要是被人家低看一眼,再开借,人家就没那么爽快了。

盐乃五味之首,对于孩子肤浅的阅历来说,盐就是一种味道。我家的盐钵是带釉的陶罐,躺在里面的匙子布满盐霜,明明一满匙盐其实只有半匙,母亲不清理匙子,并非向邻居开借可以克扣一些,而是有利于做菜添盐时把握分寸,毕竟菜淡了没味道,太咸了也不是什么好味道。母亲说,用盐还要

善于掌握火候,早了,菜被煎得干巴巴不水灵,迟了,盐又不能均匀渗入拐拐角角。大凡投箸蹙眉、不忍卒食者,除非犯病闹心,大多同用盐不当有关。碰到一次性大量用盐,无外乎腌制白菜萝卜、腊肉腊鱼、磨辣酱、烂腐乳之类,虽有亚硝酸盐中毒的风险,但缺少油腥的农家餐桌,只能用盐来刺激补充体力的狼吞虎咽。

人需要盐,牲畜也不例外。猪是农家零存整取的存折,在主人家睡了一两年懒觉,最后竟用生命的代价去偿还欠下的房租和餐费,够爷们吧! 但人家吃的是菜帮子,喝的是脏泔水,半槽热腾腾的烂叶子咽得下去吗? 于是,侍弄猪的女人转身从黑乎乎的竹橱里掏出盐钵,往槽内先撒了半匙,又半匙,但见刚才还叽叽着提意见的猪,就哕哕哕地大口朵颐起来。

除了猪,牛也是农家必养的牲畜。放牛娃撒尿时,牛会撵过来用粗糙的舌头接尿喝,漏掉的,在青草上泛亮,牛是不可能疏忽这些青草的,即使草根也要拔起来吃个痛快。大人说,那是尿里有盐。三伏天,烈日炎,但节气不等人,男人与牛像战场上的兄弟,在田野间书写着悲壮的履历。待人乏牛困,就丢下犁耙钻进树荫歇晌,男人端起一碗先前准备好的凉盐水,咕咚咕咚喝个底朝天,又从陶壶里倒出一碗,泼在草料上,牛的眼里好像有水在打转。

男人傍晚歇工回来,女人说,盐快吃完了。男人就取下挂在土墙上的棕绳,径直来到柴垛下,捆紧一担干红的松枝,再从门后找出两头削尖的竹插挑,穿上柴捆,在肩上找准担子的重心,靠着檐下土墙,用带丫的木棍撑稳,第二天早上赶市的准备就算充分了。快吃早饭时,回赶的男人头上冒着汗气,竹插挑上吊着盐袋,沉沉的,随着脚步有节奏地摆动着。有时生产队里工事忙,男人没时间卖柴,女人就把猪和鸡安顿好,从泥瓮里摸出半篮子鸡蛋,先到食品收购站卖了,再去商店称盐,如果还剩下些钱,就咬咬牙买几个馒头给孩子。馒头与盐有了关联,孩子常垫着马扎,打开竹橱,念叨着盐怎么还没吃完啊。

那时候,我父亲在外乡教书,母亲在家里既是女人,又是男人,挣工分、挖猪菜、洗衣生火,整天忙得似旋转的陀螺,好在父亲每月有点微薄工资,买盐可以用现钱。家里没盐了，母亲就趁我下午不上学，给我三角钱，刚好能买两斤盐。商店里弥漫着湿漉漉的甜味，我舔了舔舌头，踮起脚把三角钱递给镶着银牙的中年女售货员说，买二分钱的山芋糖，二角八分钱的盐。那时山芋糖一角钱八粒，一粒糖二分钱，太不划算，但毕竟是假公济私，没有吃亏的意思。也不知道母亲是否觉察到盐分量不足，反正她一直没道破，我也因一粒山芋糖的好处费，很乐意充当家里的盐腿子。

在学校教书时，同事晚上喜欢打扑克消磨时间，赢家可以白吃输家的葵花子。一次，我发现葵花子里有一粒拇指大的白色石头，不但光滑，还有点透明感，这不会是玉石吧，就宝贝般收藏着，没事还拿出来揣摩一番。葵花子是小卖部的，里面怎么会有玉石呢？莫非是某个马大哈无意掉进去的！到了夏天，玉石有些发潮，就拿到水里用力揉洗，洗着洗着竟变小了，最后什么都没有，这才意识到那不是什么玉石，而是炒货时没耗完的盐石，为此我还失落了好一阵子。

现在很难见到冰糖一样的粗盐了，市场上都是精细的袋装盐，且分类添加碘、钙、锌等微量元素，美其名曰营养盐。既然是营养盐，提点价没意见吧，延长产业链就这样在盐业上名利双收了。内陆地区普遍缺碘，村子里不时能碰到患甲状腺肿瘤的大脖子，但自从食用碘盐后，大脖子有减无增。福岛核泄漏后，当有人提到碘片碘盐时，那种对碘的信仰迅速登峰造极，成为抢盐风暴的一只隐形推手。其实，碘盐的添加剂量是为预防大脖子量身设定的，要想达到阻止核辐射效果，一天得吃六七斤碘盐。那样，人没被核辐射死，却早被盐撑死了。

柴米油盐酱醋茶，开门七件事件件是民生，而在悠久的农耕文明中，唯盐不可以最大范围地自给自足，成为小农意识里受制于人的软肋，乃至自古政府就推行"央企"垄断官盐，只有不怕抄家问斩的，才敢偷贩私盐。春秋时期，管仲首开盐铁专卖先河，盐税廪实的国库帮助齐国第一个奠定了霸主地位，并使一代名相的威名锦上添花。其实，我国并不差盐，矿盐、湖盐、海盐三足鼎立，有些地方的盐藏甚至多得像死海一样成了负担，只要运输网络

不瘫痪，即使不开发海盐，市场都不可能出现短缺现象。像我们安徽主要吃矿盐，仅定远县盐矿一年的产量，就够全省人民吃五年。所以，即使在物质匮乏得需要靠布票、粮票、糖票、肥票计划市场的年代，盐都是敞开供应。奇怪的是，每逢天灾人祸，盐就第一个跳起来，嚷嚷着充当扰乱市场的火头军。

现实生活中，一些人对杀机四伏的瘦肉精、防腐剂、甲醛、农药残留等慢性危害麻木不仁，但一旦听说盐没了，就集体意识起来。是盐属生活必需，日不可缺？还是盐价相对低廉，人皆可囤？抢购囤积，是任何富余市场的克星，原本一家一包的正常供需，如果某一家囤了一百包，其余九十九家怎么办？在我的记忆里，抢盐、囤盐已发生过 N 次。90 年代初，有位教书同事听说盐要涨价，囤了一水缸粗盐，夏天过后，这些盐抱团成石，最后不得不破缸取盐。无独有偶，这次又一朋友找路子弄了十箱盐，估计够全家人吃四十年，当然，如果不怕因超标摄入食盐而引发心血管病、癌症、衰老等疾患，也许用三十年就能吃完。

这些年，大家的钱袋子涨了，判断力却降了，谁有商品滞销，只要弄个防病消灾的帖子或短信，哪怕有一两处不能自圆其说的纰漏，保准一夜消愁。如果说板蓝根、醋、口罩、食用油、绿豆、大蒜、红裤衩、艾香袋等走俏一时，有如剧烈运动后的一过性血压升高现象，那么被抢购过 N 次的盐，则是蛰伏在关节上的类风湿，天气稍变就蠢蠢欲动。可以肯定，只要有信口开河的专家，有昧着良心的商家，有不对称的信息，有不理性的消费者，已经被抢购过 N 次的盐，一定还要被抢购 N 次，这也许是管仲老夫子始料未及的吧。

乡村茶贩

对家乡皖南山村来说,出产茶叶无疑是老天的眷顾了。但茶叶不似荞麦,既不便久储,更不可贪食,要不晚上睡不着觉就有点麻烦。农家大凡喝不完或舍不得喝的茶叶,都要拿去变钱,调剂余缺的乡村茶贩则应运而生了。

千百年来,茶叶为国人所爱,或达官显贵,或布衣草民,皆以茶为嗜,视茶为礼,像茶话会、茶会亦颇有渊源。今天,即使再萧条的农村集镇,茶馆的生意都出奇的红火;在城市,高雅的茶庄茶座虽如雨后春笋,价格也贵得惊人,但情有独钟的茶客仍络绎不绝,直把那些躲在吧台下数钞票的老板乐歪了鼻子。曾听说,国人每年喝的酒比西湖的水还多,依此推之,倘把国人喝的茶叶堆起来,大抵不会比泰山逊色。虽说著有《茶经》的陆羽被世人尊为茶圣,但这并不见得他有多么卓尔不群,其实,扎根在我们骨子里的茶文化,足以让每个人都能成就一本博大精深的茶经。当然,在这样的环境里,须臾离不开茶的瘾君子能江山代有人才出,也就顺理成章了。而且不难想象,要是没有茶贩互通有无,那些嗜茶如命的瘾君子一定会急得满地打滚!

茶叶像所有商品一样,流通的车轮下有一条令商贾们心驰神往的铜板路。当然,在割资本主义尾巴的年代,胆再大的人也不敢垂涎这块肥肉,因为茶叶归集体所有,生产队必须按任务交售给国营茶叶公司,赚多赚少与你个人无关。计划经济秩序打破之后,才有少数农民敢将下沾满泥浆的裤管,候鸟一样成了乡村季节性茶贩。

　　早茶清明谷雨，迟茶芒种夏至，这头尾两三个月，茶贩总是忙得不亦乐乎。茶贩本小，胆也小，每次贩的茶都不会太多，十几斤二十几斤就够了，这样不但行动方便，而且新茶上市一天一个价，也少些风险。然而，十几斤二十几斤茶叶并不是哪一家一次能产的，茶贩一般是大清早风风火火赶到街头临时冒出的茶市，从乡亲手里半斤一斤地零收。你要辨出他们也很简单，那些像泥鳅一样溜来溜去的一准儿是。由于茶贩大都是制茶的行家里手，茶叶的好孬优劣，一看、一嗅、一泡，便心中有数了。当然，你的茶叶再好，茶贩也要鸡蛋里挑骨头，掰着指头列举出或有或无的瑕疵来，烧了锅、爆了花、条不紧、鳞叶多，反正挑的毛病越多，论价时就越占主动。估计茶叶收齐了，茶贩便急着赶回家装袋，路上见到熟人时，他若主动打招呼，那一定是又低价唬了几斤上等茶。装袋大都是一家老少齐上阵，茶贩掌秤，一斤一斤地称好，老人孩子轻手轻脚往小塑料袋里灌，女人则用锯条就着蜡烛火苗把灌好的袋口封严实。待一切停当，茶贩三下两下扒过一碗开水泡剩饭，瞅瞅门口没婆娘过路，便丢下满屋子茶香，信心十足地提包出门了。

　　俗话说，低头买，磕头卖，卖茶叶并非轻松活儿，仅会吆喝几嗓子不行，还要学会磨嘴皮子，做到腿勤和脑勤。譬如，走村串户时，要提防冷不丁蹿出来的恶狗；街头巷尾，又要小心浑水摸鱼的"小混混"。出门在外，和气生财，茶贩没有性子不好的，人家把他的茶叶拆遍了袋，尝遍了鲜，却横挑鼻子竖挑眼地瞎贬，他气，他恼，甚至想抡起老拳为茶叶抱不平，但人在屋檐下，茶贩最终还是装了孙子，连响屁都不敢放半个不说，还要强作笑颜收拾残局。

　　茶叶没卖完，太阳却下山了，茶贩只好找家最便宜的小旅馆住下。跑了一天，喊了一天，还没少受气，正想早点躺下好好睡上一觉时，记起剩下的茶叶袋口全被拆了，明天不好卖，便又不敢睡。于是赶紧从包底找出蜡烛和小锯条，封严袋口，再依次掂过重量，没觉出有什么异样，紧锁的眉头才松开了。这样的夜晚，茶贩如能做一个美梦，无外乎茶叶被抢购一空。当然，卖到最后，茶贩也会以"跳楼价"清仓处理，好早点回家赶下一趟；再说，出来几天了,再不回去家里女人也会生气的。

萝卜白菜,各有所爱,茶贩每次都会备上若干等次的茶叶。一般的情况是,优质优价,见什么人推销什么茶,但也有邪门的时候,像我的一位堂兄,就曾在武汉把劣茶卖出了优价。事情是这样的,那次堂兄带的好茶已告罄,包里剩下的都是便宜茶,购茶者是位教授,一听价格才十几元,便胡乱挑几个毛病打发走人,堂兄揣摩出教授是假懂行且怕喝便宜茶掉面子,便推说好茶存在旅馆里了,待会儿送来。堂兄出门后,找个避风的墙角,将包内劣茶取出一部分,改装在绿茵茵的漂亮茶袋里就又折回来了。教授一看,果真连说好茶,这下堂兄也敢喊价了,最终以八十八元的单价成交。

堂兄的杰作在村子里传开之后,差点把别的茶贩羡慕死了。再去贩茶时,就没几人愿丁是丁卯是卯,有的还青出于蓝胜于蓝,干出些更令人心跳的大手笔来。像劣茶精装、克扣少装、调包换装等羊头狗肉之类的小伎俩很快成为茶贩们的拿手好戏,更有甚者,还学会了公关艺术。某单位有个熟人老乡的,你想躲都躲不掉,有八竿子打不着的远房表亲,你拿扫帚堵也堵不住,无亲无故也不要紧,那就擒贼先擒王,先给管事的孝敬几包好茶。可以肯定,这样的茶贩与当年的毛脚杆茶贩已不可同日而语,从里到外完全修炼成了纯粹的"商人"。虽然"商人"在我们家乡声名不怎么好,叫无商不奸,但茶贩"进化"成"茶商",也不是谁左右得了的,况且这中间不少人把洋楼做到了城镇,改行干上了比贩茶更体面的营生。

眼下,茶叶产业已然成为家乡经济增长的亮点,做工精细、包装考究的家乡茶正朝集约化轨道发展。不过,这对茶贩来说可不是好兆头,他们原来的市场份额,正在被不断地蚕噬。一个不争的事实是,乡村茶贩的生意每况愈下,再过几年,这支曾经庞大过的队伍会彻底蒸发是完全可以预见的。去年,新茶上市时正赶上不速的"非典",茶贩也怕死,但想想过了这一村就没那一店,还是忐忑不安上了路。然而,当他们想用笑脸去拉近与城里那些"口罩"们的距离时,人家一个个皱着眉头逃开了,仿佛茶贩就是从病房里逃出来的 SARS 患者,就是好不容易碰上个胆大的老茶客,价格却是往死里压。

几天跑下来，好歹把茶叶抛出去了，可拿计算器一扒拉，没把血本亏掉就算烧了高香。茶贩回家时自然是无精打采的，邻居一见那蔫样，老远打个招呼便转身把门关上了。晚上有人敲门，说是卫生院的，要测体温。茶贩越想越气，去拉门闩时，竟发誓说再也不贩那些茶叶。

今年，夏至转眼过去了，我租住的小巷里仅听见过一次茶贩的吆喝，也不知道他是不是去年发过誓的那位。

茶筒里的春天

日月交替，四季轮回，欲望与朝气比肩的春天，并不因为你的眷恋而叫停挥别的手臂，她必须腾出刚刚坐热的椅子，移交下一个季节。然而，当春天淡定的身影，消失在山嘴的拐弯口时，从历史深处蓄积的香泪，已婉约出忧伤的细流。如果让我投胎曹雪芹笔下，并且有幸遭遇葬花的林妹妹，我会拂起绅士的衣袂，点一下她的左腮，再点一下她的右腮，然后含情脉脉地递过一只精致的茶筒说，妹子，请收下我的春天！

茶筒能藏住春天吗？我不敢武断地否定你的存疑，但我的答案是否定之否定。不信？那就请江南的女子打开密闭的茶筒，用娇柔的纤指取出一小撮干茶，放进似玉的白釉茶碗里，冲上沸水，盖上碗盖，少顷，打开。你看到了什么？你闻到了什么？你尝到了什么？你惊讶的表情一定泄露了不容置疑的判断，因为你不可能不被这个突然绽放的春天所打动。

老家产茶,嗜茶的乡亲说不出茶叶到底含了哪些微量元素,喝了又有哪些好处,但这并不影响他们对茶的钟爱,无论男女,无论老幼,无论闲忙,天天都会泡上几壶,这如同不懂化学分子式的祖先照样能发明火药。在那淫雨霏霏、雾岚氤氲的清明时节,怀春的新茶探出了羞涩的小脸,两叶一芽,若水做的女子,轻轻一捏就化了。倘有扛锄的男人路过,那种"山寨版"艺术灵感一定会被眼前的画面撩拨出来,说这就是上轿的媳妇出笼的粑呀!不知采茶的山姑听到没有,但见一双巧手在茶叶间翻飞得更加优美了。

像喊醒茶叶里的春天需要开水一样,把春天揉进茶叶里必须挤出哪怕是气若游丝的水分。给鲜茶脱水,不似稻菽可以放在太阳底下暴晒,那样茶叶里的春天也要被太阳蒸发掉,不信,给你泡一碗试试。那是怎样的茶啊,你看,那不是翡翠绿而是牛尿红;你闻,那不是淡淡的清香而是刺鼻的异味(俗称日黄气);你尝,那不是柔滑细润的舒坦而是如鲠在喉的苦涩。其实,制茶是一门学问,带着露水的鲜茶采回家后,先要摊晾一会儿,待叶面的水分风干,立马放在锅里翻炒杀青,一俟叶芽变软,就可以盛出搓揉了,最后放在炭火上烤干,再装筒备用。这些程序,目的只有一个——让茶叶更加干燥,即使是装进茶筒,也要包一块生石灰防潮。茶品如人品,一旦掺了水分,就会变质。

小时候泡茶,除了解渴,还是一种预测游戏。茶叶泡开后,都会沉淀到碗底,若有茶茎浮在茶水中,说明家里要来客人。那时候物质非常匮乏,只有客人来,才能吃上豆腐之类,现在回想起来,我家里的茶叶一部分是在那种游戏中浪费的。现在的人爱茶,除了身体依赖,除了休闲怡情,还是显示身份、开展社交的载体,要是哪天没有茶叶了,真不知道被茶文化熏陶的人们有多么失落,甚至寻死觅活?

人都有恋春情结,而茶叶的色香味正好浓缩了春天的靓丽,收藏春茶就是收藏春天,享受春茶就是享受春天。我想,抱回春茶的林妹妹,一定擦干了伤春的泪花吧。

悠悠岁月
第一辑

芋香幽幽

　　走在大街上，一种久违的气息止住了我的脚步，再贪婪地深吸几口，是地道的芋香。抬眼四顾，才发现街口有个生意红火的烤芋摊。看来，被"现代"脂粉浓妆艳抹的闹市，还是有不少人像我一样，唾腺会被土老帽的芋香动员得活跃而丰沛，然后，把记忆深处的悠悠芋事一一泅湿。

　　"溪寺黄橙熟，沙田紫芋肥"，当年诗人张籍送别闽僧时，正是芋地摇曳的碧绿纷然退场的熟秋吧。虽说山芋含蓄了些，不似枝头的黄橙当仁不让地抢镜头，但四裂的芋畦已裹不住成熟的喜悦，宛如临产的小媳妇羞答答地半掩着幸福的肚子。这时，芋农会择个霜白如雪的清早，扛锄出门，任追上来的小花狗在羊肠山道上欢蹦出一串生动的静谧。

　　到了地头，芋农先朝东山吐脸的朝阳打个响嚏，再往手心吐些口水，挥动的新锄便拉开了收芋的序幕。其实，你千万别小瞧了这不经意的第一锄，简朴却不失庄重，年成的丰歉已见端倪。好在这会儿的芋农都坦然而自信，丰不张狂，歉不灰心，毕竟一年的汗水与希冀变成了收获的真实。当然，如果逮上了一窝卖相儿好的胖山芋，也难免情不自禁地唏嘘几声，掂量几下，仿佛不相信这就是梅雨时节丢下的那截并不起眼的细苗苗。若有熟人路过，还会招呼人家过来看看新鲜，顺便递过烟杆，再聊些秋前秋后的农事。

　　《史记·项羽本纪》载，"今岁饥民贫，士卒食芋菽"，山芋在我国不但种食历史悠久，而且是饥荒年月的度命主粮，颇有受命于危难之际的英雄本色。山里就曾有一些苦熬多年的光棍汉，仅因窖里有点芋，没讨媒婆操心，便让山外逃荒的女子含泪留下来，然后温暖起汉子们缈然的春梦，把山村明灭的烟火拨弄得轰轰烈烈。山芋是先成就了婚姻，再成就了爱情，而那袅袅的香火背后，有一炷青香应属于这呆头呆脑的芋啊。

我最早对芋有朦胧印象，大概是"农业学大寨"年代。当时公社在一个叫张河的地方改河建田，工地红旗招展，人声鼎沸，而饱满起这如火如荼的热情的，除了敢教日月换新天的信念就是平平常常的山芋了。妇女能顶半边天，激越的口号焕发了妇女同志的冲天豪情，母亲不能拖姐妹后腿，年幼的我也别无选择地成了她的小跟班。母亲挑一担土，我领一张纸牌，等到纸牌多得快抓不住时，差不多就要开午饭了。说开饭，其实是清一色的蒸山芋。别看今天大街上的人吃山芋像品点心，把细腻甘甜的亲切咂巴得痛快淋漓，但这玩意连顿吃也烦，就像大鱼大肉吃腻了会生厌一样。特别是那种淀粉奇高的硬山芋，吃了酸水泛滥，医生说胃在闹情绪呢。母亲名下的那份蒸山芋发下来，她总要先认真拿捏一番，然后挑些糍软的给我。我当时不谙世事，倒也吃得心安理得，及至后来诸多炎症折磨着老母，而我自己也成了父亲时，我的鼻子才知道酸酸的，发潮的眼里总会反复晃过母亲那双粗糙的手。

山芋收起来了，芋农们也闲不着，白天忙秋种，晚上还要磨芋粉。那时没有粉碎机，磨芋粉的工具是一只内壁毛糙的水缸，人俯在缸上，手拽山芋，机械地在缸壁上搓磨，一只山芋磨成缸底的芋泥，往往累得腰酸膀痛，头晕眼花，而那大篓大篓的山芋就是这样一个一个地磨掉的。

父亲在外乡教书，整日被丧失理智的"红分化"和胆战心惊的批斗会压得直不起腰，所以，我家芋粉总是母亲一手操持。如豆油灯下，母亲昏天黑地地磨着，那轻若虫鸣的"沙沙"声，倒成了我秋夜安详的眠曲。待第二天早晨醒来，发现母亲不在，水缸不在，一骨碌爬起来，潦草地披了衣服，径直往河里跑去。我知道，母亲一定在那淘洗芋粉。河岸上摆满了盛着浊黄芋浆的缸桶，我左闪右躲绕过去，扯着母亲的衣角急切地问，我家有几缸？

屠弱的母亲先帮我扣好衣扣,再满足地笑着说,这,这,都是。然而,当我高兴地找小伙伴炫耀时,才知道有资格炫耀的根本轮不上我。

白细的干芋粉与面粉差不多,但用它做出来的芋粉圆却黑不溜秋,仿佛西施生了个奇丑无比的女儿。不过,你别因为对黑色有成见而错过了口福,尝过一次芋粉圆的人都知道,这是一道美味佳肴,软嫩筋道,滑而不腻,吃了一口想两口,吃了两口想三口,直到吃得肚皮圆鼓,还惦记着下回。那就天天吃好了!这主意倒合人意,但不切实际。芋粉虽产自农家,轻易却不敢奢侈,谁家餐桌上有芋粉圆,不是待客就是过节。

那年,再基叔家修土房,厨房里还在嗞嗞作响,我已高兴地在屋场上疯跑了几圈,盘算着又可以打一回牙祭呢。然而,好不容易盼到开席,黑亮如玉香气四溢的芋粉圆端上桌时,我却羞怯地躲在门外咽口水。我多么希望有人喊我过去啊,但桌上的人都拿出了搬砖头的劲儿,兢兢业业地吃得挺忙。眼见那一大盆芋粉圆像旱天的池塘眨眼便见了底,我"哇"的一声哭开了。帮工的仁德叔见状,赶紧起身夹来一只悬在我鼻梁上,说,叫我一声岳父。叫就叫,芋粉圆的香味容不下我去判断"岳父"的褒贬。奇怪的是,甫一开口,便引起了哄堂大笑,而仁德叔家女儿阿会从此再不陪我过家家了。后来,仁德叔与我虽无缘喜结翁婿,但我每有机会吃芋粉圆时,倒是很顺道儿对嫁作人妇的阿会徒生些牵挂来。

眼下,俏卖街头的烤山芋对我们这拨在山村长大的人来说并不陌生。那时,谁家奶孩吃不饱,烧个山芋就行;午学回家的孩子用火钳往灶膛里一掏,满口生津的芋香先安抚了饥肠辘辘的皮囊。最有趣的是放牛时在土洞里烧山芋,你掏芋我拾柴他挖洞,各司其职,嘻嘻哈哈,待牛吃饱了哞哞叫着要回家,那半生不熟的山芋往往弄得大伙儿嘴巴上下灰黑一片,活脱个长了胡茬的小老头,那感觉犹如钓鱼人尝亲手钓的鱼一样,哪怕厨艺欠些火候,都会别有滋味与韵致。也许正基于对山芋有种难舍的情愫,我现在偶尔在集市上见到有人用卖芋的钱,去为孩子买方便面或奶粉时,真想上去争辩一番。

前些时候,叔叔专门从老家捎了些山芋过来,他说,栽山芋虽没有种丝瓜、板栗划算,但不种点也不行。看来在经济大潮的冲击下,山芋多少还争取了些存续下去的理由,这是好事。

芋香幽幽,氤氲着遥远的山村,也氤氲着我不老的童年。

挑塘时节

清晨打开门扉,枯草上的厚霜早被或深或浅的脚印划破了完整,深的是狗爪,浅的是鼠爪,倒是庄稼人日子逍遥,稻子入了仓,山芋进了窖,再不需要去披星戴月赶节令了,这叫冬闲。

冬闲是个相对的概念,比起春播夏管秋收的忙碌来,庄稼人像卸了轭套的耕牛,可以喘口气,可以悠悠闲闲找草吃了。但在土里刨食,是不可能真正闲得下来的,或者说就是闲得下来也闲不住。冬闲,正是挑塘的好时节。

没有客水的山区村落,门前少不了一口水塘,除灌溉垄田,还有防火洗衣的实用。塘尾大多拖着一条蜿蜒的小溪,别看平常溪水清冽,甚至能透过河虾的身子欣赏鹅卵石的花纹,可到了山洪暴发之际,俱下的泥沙便在水塘里安营扎寨,使塘容逐年萎缩,于是隔几年必须挑一次塘。牵头挑塘的自然是生产队长,“干部带头,群众加油”,队长大小也是官,他在塘岸上朝不同的方向吆喝几嗓子,社员们便相邀而至了。抽水是挑塘的第一道工序,只因那时农村没有电,更没有水泵,抽水全靠木质水车。水车有两人手摇式的,有多人脚踏式的,大人歇工休息的时候,孩子们就会争先恐后地去脚踏水车

悠悠岁月
第一辑

上过过瘾。有时一脚踏空，人滚到泥里，难免招来父母的迭声呵斥，没滚下也很狼狈，吊在扶档上像青蛙一样乱蹬腿，直逗得大人被正吸的旱烟呛出了眼泪。

其实，冬闲挑塘是一石两鸟的巧事。增容其一，积肥其二。塘泥腐沤经年，肥性很足，晒干烧火粪是上等的土料，铺田则是上等的基肥，只是含水重，水抽干后要再沥上几日方可开挖。扒开塘泥，犹如扒开了陈年的腐乳，有一种异味冒出，"好臭！好臭！"孩子们捏鼻直嚷，但大人们却笑呵呵地纠正，说那是香哩。何香之有？莫非听出了来年稻苗的拔节声，嗅到了田野上沁人心脾的稻花香！

挑塘是脏差，是累活，却能给萧萧冬日平添许多快乐。现在机关有句流行语，男女搭配，干活不累，其实这算不得什么新发现，当年干大集体，妇女要顶半边天，工地上不让须眉的女社员不比男人逊色，至于大家累还是不累，在工地上穿梭的孩子们是体验不出来的，倒是那些荤腥玩笑常荡漾起一塘笑声，估计是累也不累了。孩子不理会这些，他们关心的是塘泥里冬眠的泥鳅，早早地备了瓢盆，守在挖泥者的旁边。然而泥鳅比野孩子还调皮，一个上午下来，孩子们已被折腾成了泥猴，脏是脏了点，但不要紧，毕竟中午的炊烟里多了袭人的鱼香。偶尔，塘泥里还会掏出粪桶、锄头之类，失主循声撵来，见东西朽了，锈了，也不想捡回去，倒是刻意地把器物失水的情景渲染一番，让别人在他的叙述中激活更多类似的记忆。满塘泥，满塘人，满塘话题，挑塘的冬日温暖如春。

当报纸上说城里人开始羡慕农民的小日子时，农村最大改观是住房的更新换代，然而大兴土木的结果又造成了严重的水土流失。曾经的深水潭是摸鱼的好去处，现在被沙石填饱后连泥鳅都安不了家；门前的水塘大半成了"陆地"，有猪在啃草，鸡在觅食，水塘原有的功能丧失殆尽，所幸家家安上了自来水，要不然家居生活早出乱子了。多少年里，老队长虽发过几声感慨，但也没听见谁附和一声，谁也不打算把时间投入挑塘上去，因为种庄稼远没有外出打工划算。虽然上面每年都号召兴修水利，可惜剃头挑子一头热,大多无果而终。这样,一口口漾动过山村灵气的水塘,只好无奈地把涟漪留在了历史里。

这个冬闲,下乡转了一圈,陡然发现挑塘清淤又如火如荼起来,不少地方还鸟枪换炮,使上了推土机和挖土机,那种久违的劳动场景,像走失多年的孩子,被一阵风刮回了乡村。一位老农说:"粮食值钱了,这塘再也不能不挑啊!"

冬闲挑塘,热热闹闹,愿这是永驻乡村的风景。

石磨

"酸不溜唧,酸不溜唧……"循环的节律像博林的口技"萝卜剁吧剁吧切",又像五月杨梅树下怀春少女灿烂无拘的娇嗔,如果不是耳听为实,你一定想不到这是石磨喊出的开工号子。虽然石头的原始歌谣,不一定婉转,不一定缠绵,但每每挑逗起味觉的敏感,在收获季节,或者腊月的年味里,它总在慢条斯理地咀嚼着乡村的幸福时光。

作为鲁班的杰作之一,石磨在烟火之上转动了两千多年。我孤陋寡闻的记忆里,北方石磨笨拙厚朴,像剽悍壮实的山东大汉;南方石磨灵秀巧小,如玲珑羸弱的江南女子。蒙着双眼的公驴,在没有起点和终点的征途上,昏天黑地地为抵达而前进,这是在影视里偶尔一见的场景,只是我不生活在北方,更熟悉而亲切的是不便使用畜力的南方石磨。

上下两片扁柱形石块组成的家乡石磨，下片用木闩固定在比板凳更厚实的磨架上，上片伸出的一只不足尺长的木把末端凿一小孔，再将系在梁上的"上"字形推杆插入小孔内，人按顺时针方向推拉推杆，动力经木把传到上片磨石上，石磨就哼着小调上路了。家乡石磨的主要作用是对细粮进行碾粉、打浆等，我很小的时候就会推磨，这并不是因为家里有多少细粮，而是全屋场一架最灵巧的石磨就架在我家门口的弄堂里。那是一个不足两米宽的弄堂，开磨时，从弄堂进出的人须闪身而过，但越是开磨了，弄堂里人气越旺。推磨的大都是女人，待她添料之际，我就会见缝插针抢过推把。别看大人推磨身子扭动自如，轻松似燕，其实，这磨一开始并不听使唤，如转弯时不可用力往前推，要顺势挪动推把把上片磨石牵过来；又如推反了，磨不吞料子，再怎么使劲都是瞎子点灯白费油；还有下料多少要适度，多了磨跑得快，出来的不是粉，不是浆，料子倒像从炼丹炉走了一遭的齐天大圣，毫发无损地又跳出来了；倘下料少，磨空磨又易伤磨齿。所以，大人一般不轻易让小孩推磨，只是磨在我家门口，她们多少要给几分面子，这样我的磨技就有点与年龄不相称了。

因为家乡习俗的缘故，石磨总要挨到端午节前才开始忙碌。端午是传统节日，不但家家要裹外婆脚一样尖的粽子，巧赶了麦收时节，岂能不趁机尝个新鲜，所以家乡比别的地方多一样叫"小麦粑"的节日食品。我想，屈原若知道这一折，估计会在皖江多逗留几天吧。香甜的小麦粑作为节日主要馈赠礼品之一，除了亲戚家送些，邻居走得近的都要借此做友谊使者，沟通一下感情，这样节日之后，各家灶台上就堆满了或大或小或黑或白的麦粑。那做得白的，因粉磨得细，吃起来筋道，黑的则因麸皮多，口感粗糙。那年，旺婶家做麦粑给亲家母送节礼，一担黑粑把个热火朝天的姻亲弄黄了。旺婶悔，就因面粉少过了一遍细筛，但有什么办法呢，要是粮多，是胖子还要打什么肿脸啊。

过了端午节，剩下的麦子大都储存起来，一般来说很少有人家去磨小麦，想打牙祭时，就舀几升出来找面匠兑那又长又细的咸面。例外的是的香哥家。的香哥比我大不了几岁，家里人口多，又因两个嫂子相继进门，稻子被这临门双喜透支一空，幸好有小麦续上，这样他家除了早上吃一顿能见人影的稀饭，中午和晚上都是洋芋和擀面了。我家门口的石磨因为的香哥天天要磨面粉，每天都在"酸不溜唧"地叫唤。的香哥虽是男孩，却磨得一手好磨。他先把麦粒拢在磨孔周围，然后推两圈磨，顺手用竹鞭轻挠一下麦团，一小撮麦粒便滚入磨孔了，那白花花的面粉，积在竹匾里，像连绵的山峦把中间围出一块"盆地"来。在撞见哥嫂打情骂俏时，他也想罢磨，但想想不开磨晚上就要饿肚子，每每又说服了自己。现在的香哥也泡上了媳妇，有了儿女，楼房盖得比谁家都高，但落下一个坏毛病，再也不吃手擀面了。

磨了小麦，磨荞麦，磨米粉，磨辣酱，随着农作物的相继收获，要上磨的食物一茬接一茬，等到磨黄豆浆时，就进入了瑞雪飘舞的腊月。这个时候，一年的农活忙到了头，一年的收成都入了仓，哪怕这一年不一定顺，但过了年关，就有了新的盼头，穷也好，富也好，磨豆腐都是家家必做的年事，压豆干、烂腐乳、炸豆条、炒豆渣，人像石磨一样忙得团团转。我家往往是母亲在灶下煮豆浆，父亲在升斗里研冲浆用的熟石膏粉，哥嫂在弄间磨泡涨的黄豆，母亲喊停一下磨时，我几个蹦子跳到灶台，端起热气腾腾的嫩豆腐，三下两下便见底了。母亲说，读书有这么麻利就好了！我做个鬼脸，母亲就又给我盛了一碗，还网开一面添了半勺红糖。由于家家要长时间开磨，屋场里另几架不怎么好使的石磨也有了一显身手的机会，"酸不溜唧"、"唧里忽悠"、"狗啼猫喵"等石磨的个性独唱合成一曲安详的交响，为乡村的年味平添了一层喜庆。到了晚上，母亲将石磨的上片取下，压在包裹豆浆的包袱上，第二天早上，方正结实的豆腐干让邻居赞不绝口。

现在偶尔回乡下转悠，石磨及它的个性独唱已难觅影踪，乡下老人推不动磨，年轻人外出打工推不上磨，再说磨粉、磨浆有现代机械代劳，这石磨可以下岗休息了。于是磨架劈了柴火，磨石屈就为尿桶的垫脚石，那"酸不溜唧"的鸣唱只能苏醒在甜蜜的梦乡。偌大的乡村，容不下一架石磨，文明在更文明的阳光下，像一块渐融渐消的冰。令人振奋的是，我在网上浏览到一

则消息,因石磨既方便家庭食品小加工,又能健身,已成为都市工薪阶层的新宠,一位打工的江西老表发现这一商机后,几年下来,摇身一变为家财万贯的石磨王。世事沧桑,估计这是鲁班老朽未曾预料的吧。

再推一回石磨,再喝一碗母亲盛的热豆浆,这一原本很平常的乡村生活已变得遥不可及了。万物并作,吾以复观,根据老子的哲学,被城市人宠幸的石磨一定会荣归故里,我期待着这一天,为那不可释怀的原始乡村。

火神,在房顶盘踞

老家的对面是座高山,在经年雨水和无数脚踏的作用下,一条坎坷不平的山路在烈日里白练般晃眼。这是山内西源公社进出的唯一要道,星期天的下午,父亲总会用双腿度量这条山路,他要去山内的一所小学教书。父亲出发一段时间,估计到了三里开外的山坳吧,在弄堂歇晌的再基叔开始与纳鞋底的婶娘们打赌,说华阳哥马上就要回来。华阳是父亲的名字,我狠狠地剜了再基叔一眼——对挖苦父亲谨慎有余的人,我只能这样表达自己的愤怒。令人垂头丧气的是,话音未落,父亲就站在了大家面前。他掀开水缸盖看看,然后去井里挑了担水回来,再出门时,又是絮絮叨叨叮嘱母亲别粗心烧了柴搁栏,又是训责我别玩火烛。

那时,我们本族二十多户人家聚居在一个大屋场,屋内有五个采光集水的天井,一百多间老房子被六条交错的弄堂铆成一个几无破绽的整体,外墙都是青砖,内墙多为木柱木板,屋顶突兀着一垛一垛封火墙,据说那是火神的尊位。这种颇具徽派风格的古民居,虽有避风、防盗的优势,但拥挤、潮湿、阴暗、虫蛀等烦恼也一直是大家的心病。我家紧邻祖堂,祖堂木墙下叠放着七八口备用的棺材,小孩从这里经过,就像进了阎罗殿,难免冷出一身鸡皮疙瘩。那时的夜晚漫长而闲散,孩子们总会以捉山羊、捕流萤来打发寂寥,我进出少不了要借势火烛,父亲的忐忑大抵缘于这种居住环境。

如果你以为只有我父亲的神经才对火灾敏感,那就孤陋寡闻了,譬如庙里的和尚们。寒冬腊月的深夜,风籁如唳,正在梦乡的我被一串颇有节律的"邦邦"声惊醒,然后有人在唱:天干物燥,小心火烛;缸中满水,一方太平。那"邦邦"声,沉重而阴森,像敲在空洞夜晚的胸口上,然后有一股寒气钻入被窝。母亲说,别怕,那是和尚在打竹梆。到了正月,和尚带着临时请来挑担的居士,挨家挨户收取大米或钱币。用打梆的形式来化缘,乡亲都能接受,毕竟三年贼偷不敌一年火烧,再怎么说也不能让辛苦了一冬的和尚空手而归吧。

日子在平淡中消磨,老谋深算的火神,似乎有意制造一个麻痹的假象,借此证明我父亲的杞人忧天。然而,在我十岁那年,火神还是露出了按捺不住的尾巴。

那是个中午,炊烟像稻禾一样在屋顶拔节时,田间薅草的男人们,歇了打情骂俏的山歌和刺激激素的黄段子,然后舔舔嘴唇,预支着饭菜的气息。突然间,屋顶翻滚起一团浓厚的烟幕,红红的火舌在烟幕里隐现,队长再基叔马上反应过来,舌头吓得打了卷,快! 快! 快回家打火啊! 顿时,一个习惯了慵懒的山村,第一次尿湿了裤子。在家的女人,抢出哇哇直叫的孩子,又壮壮胆哭喊着去抢细软,手脚沾满田泥的男人,则用刘翔冲刺的速度赶到现场。再基叔是总指挥,号令三军先截火路,于是有石匠手艺的搭梯上房揭瓦,有木匠手艺的随后锯断桁挑,其他人提着桶盆在水塘间拼命奔跑。上了岁数的雪南爷爷颠簸着来到塘岸,一边没有章法地敲送葬时用的铜锣,一边撕心裂肺地呼救。接着,一批批援军从四面八方召集来了。半小时后,明火

终于扑灭,而围绕火场的三条弄堂被全部打烂,处于其间的麻子婶家,只剩下瓦砾和冒着青烟的炭头,偶尔还传来谷粒爆花的声响,瘫软在地上的救火人员都成了黑猩猩,表情麻木得像一尊煤雕。当麻子婶在河边呼天抢地的哭诉潮水般涌来时,大家似从噩梦中苏醒,才纷纷记起对肇事者的责怨。火是麻子婶煮午饭时不小心弄的,现在片甲不留的也就她一家。她在屋场上人缘极差,也许是有吵嘴的天赋吧,三天没找人赛一次骂,牙就痒痒的。几个惊魂甫定的婶娘开始说风凉话了,说蛇不乱咬,火不乱烧,灾星遭报应,活该!向来不饶人的麻子婶这回乖了,只知道哭。吃"五保"的陈大娘,蹒跚着粽子状的小脚,来到我家隔壁的祖堂,抚摩着安然无恙的棺材抹眼泪,她百年之后的最后一点尊严就指望这口棺材呢。遭了这么大的祸事,谁家都没心事继续生火,附近的亲戚当然不会坐视不管,相继送来了饭菜。再基叔端着碗扒了一口,就开始安排弄堂修补和麻子婶家房子重建等善后事宜,迷信的雪南爷爷则在大门口点上香烛,一言不发地朝封火墙叩拜,婶娘们窃窃私语,说雪南爷爷在拜火神。我望望封火墙,却什么也没看到。

父亲得知噩耗后,把学校的事安排好连夜赶回,看着家门口被打烂的弄堂,他的手在发抖。险啊,要不是有这么一个弄堂做替死鬼,我家就不能幸免于难,父亲能不后怕吗?有了这次血的教训,父亲每个星期天下午返校前,给我和母亲必上的防火教育课总要拖堂,而再基叔也再不与纳鞋底的婶娘们打赌了。

父亲说,不搬出去迟早还要出大事。1980年年底,父亲给大队和生产队打了申请地基的报告,我家获准在半边荒山上建房子。那时学校是单休日,父亲每周只能在家待一天,队上不允许吃国家粮的人出工挣工分,他就喊上很不情愿的我一块去开山挖地基。由于山体夹杂了沙石,连挖带运劳动量很大,加上后来来我家长住的大舅,一帮子人用了四年时间,才整好地基,扛来几大堆备用的墙脚石和砖瓦,直到1984年年底,一家人背着象征"步步高"的梯子和欠债簿搬进了新房。后来,随着出门打工潮的兴起,又陆续有人家从老屋迁出,而没盖新房的堂兄银香哥,兄弟分家立户后,开口借了我家闲置的老房子,灶台也搬到我睡过的那间不足六平方米的小屋。在当时看来,这是族亲间一种血浓于水的善意,但谁也没料到,这个善意竟掀开了又一次灾难的序幕。

还是夏天,还是中午,银香哥的老婆生好火后要到晒场上去看看,便让六岁的儿子续几把火,这在我们乡下太司空见惯了,但就是在这一次,火钳拖出的火星点燃了柴搁栏,等小孩哭喊着跑出来,火已上了房顶。已退休的父亲像几年前的雪南爷爷一样,跑到塘岸呼救,但由于居住分散和一些青壮劳力出门打工了,动员来施救的力量没有上次幸运,救火人员不得不让出更多地盘给火神,因为近距离切断火路无异于与虎谋皮。火借风势,风助火威,火神在肆无忌惮地扩疆拓土,先是从瓦缝里冒出浓烟,然后浓烟里冒出火球,颇像试验原子弹时升腾的蘑菇云。木头在瓦片下猎猎作响,烧红的瓦片似抹了一层血,轰隆,一间塌了,轰隆,又一间塌了。就这样,整个东边的房子,带着主人的疼痛和故事,破灭了修炼文物的梦想,而祖堂里叠放的棺材,无疑成了这些房子的陪葬品,其中就有我家的一口。好在孤寡的陈大娘前两年去世了,要不然她非撞死不可。事后,跳大神的旺生哥神乎其神地说,他看见眉毛倒竖的火神坐在封火墙上煽风点火,女人们的啼哭也顿时止住了。

一个有着几百年历史的老屋场,曾经一定经历过或多或少的劫后余生,但最终还是没有逃脱葬身火海的宿命。翻开火神的记事本,哪一笔不是不可讨回的血债?即使到了人技消防能力空前强大的今天,火神仍然是盘踞在房顶的致命威胁,声音沙哑的119,一路啼哭的救火车,不忍卒读的火灾报道,都是控诉的证词。

当然,我不会相信有什么火神,先人造出一个火神来,如果不是出于对恐惧的困惑,那就是要借助神的威仪来防患于未然。从这个意义上,我还是宁可信其有,甚至希望人们多向火神敬几炷世俗的香火。

剃头匠

　　或艳阳高照,或阴雨连绵,一个匆忙的身影由远及近,骤起的吠声打破了乡村的宁静,咯咯的鸡们率先声援,接着是机警着脖子的白鹅,从梦乡惊醒的肥猪……火开叔从早晨起床就在摩挲扎人的胡茬,听到动静,朝村口望去,眼就眯成了一条缝:"呵呵,想曹操曹操到!"火开叔是络腮胡,才从剃椅上下来,就惦记着上去,十天一过,若见不到剃头匠,骂人算是便宜的。

　　剃头匠把小木箱放在族堂桌案上,按开铜质锁扣,仿佛打开了魔术盒,大到脏兮兮的围巾、亮瓒瓒的手推剪、黑乎乎的毛帚,小到折叠剃刀、精细掏耳扒,大大小小算起来不下几十样。一俟剃具摆好,剃头摊子就有模有样了,但他不急着开剃,而是到晒场上、塘岸上喊几嗓子:"剃头喽,剃头喽。"于是,男人们从山林里、田野间争先恐后地钻出来。生产队有个不成文的规矩,剃头和拉屎不扣工分。剃的顺序是,推子开道,剪刀攻坚,转梳净发,剃刀清场,排梳造型,一圈侍弄下来,疲惫的精神了,老相的年轻了,邋遢的干净了。

　　剃头匠最爱剃的是毛三头——给出世不久的婴儿第一次剃头。所谓剃,无非轻描淡写地洗洗头、剪剪胎毛,好在沾了喜庆,放下剃刀,一碗香喷喷的油面算是报酬。剃头匠用筷子掀了掀,见下面埋着黄白相间的荷包蛋,就喜形于色地责怪道:"哎哟,有面就行,鸡蛋留给孩子他娘催奶水嘛。"但如果没有荷包蛋,则皮笑肉不笑:"哎哟,这年头怪了,人下蛋鸡倒不下蛋了。"前不久,隔壁喜添新丁,请理发师剃毛三头,报酬不是油面埋荷包蛋,而是一百元大红包。

有最爱就有最怕。手里拽着寒气逼人的刀子,要说怕,只能轮到找剃的,若剃头匠患间歇性精神病,还不一刀见红啊。有联曰:问天下头颅几许?看老夫手段如何!剃头匠怕的是给癞痢剃头,偏偏那时掉片树叶就能砸个癞痢。小伙伴赶粮天生癞痢,头顶不是黑色,而是白色,白色不是毛发,而是伤痂,远远地,总能闻到一股令人作呕的腥臭味。三十多年后,去山西大同看佛,车过雁门关,第一次见到成片荒芜的盐碱地,突发奇想,莫非癞痢就是栖居于头顶的盐碱地?盐碱地无人种,但癞痢头不能不剃,虽然挺拔在癞痢上的毛发是"草色遥看近却无"。腥臭味也就忍了,怎么下手呢?这是个棘手问题。剃头匠拿起手推子,放下,又拿起剃刀,再放下,最后只能委屈剪子挺身而出。剪子像扫雷器小心翼翼地清除目标,但癞痢还是被弄破了,于是,赶粮狼一样地号叫,殷红的血随着他哭声的扬抑而潮汐,待草草收场,癞痢都染成了红疙瘩。

对大人来说,剃头还包括修面,除非他是太监再世。剃头匠将大人的头按在水盆里,先用湿毛巾在嘴巴周围用力擦洗,再用硬邦邦的皂荚或滑溜溜的肥皂一摸,像钢刷一样的胡茬,在肥皂泡的迷惑下乖乖缴械,这正是直捣黄龙的火候。胡须占据着险要位置,稍有不慎,皮肉遭殃,即使人家不兴师问罪,刀痕挂在那,岂不自砸招牌?刮胡须既讲速度,也讲力度,别看剃刀咯蹦咯蹦响,若以为划出了口子,纯属杞人忧天。后来,我也需要打理标志走向成熟的胡须,并有了多次被划的教训后,才知道生姜还是老的辣。大凡谨慎下刀、一根一根割胡须的,必是嫩手,如果你愿意给他一次锻炼的机会,挂了彩就只能哑巴吃黄连。

耳朵被揪了却不跟人急,只有一种情况,就是取耳。剃头匠从小木箱屉层摸出一个发红的竹筒,稍微一斜,埋伏在里面的取耳器具倾巢而出,转刀、软片、镊子、挖耳扒、净耳球,像一群细胳膊细腿的小家碧玉。他戴上老花镜,右脚架在剃椅沿上,正好用膝盖撑住操作的右手肘。左手每个指间夹一个,

悠悠岁月 第一辑

025

右手操作一个,五个取耳器具轮番上场,像生旦净末丑。你看,转刀净耳毛,软片撬耳屎,大的镊子夹,小的耳扒挖,夹不住挖不了的碎屑,用净耳球一转,一弹,嗡嗡的,像蜜蜂出洞,弄得人一会儿龇牙,一会儿蹙眼,乍看一脸痛苦相,你要停下来,人家一准跟你急。

在乡下,主人都不会怠慢匠人,但剃头匠例外,必须硬着头皮"说饭"。大抵是一上午有十几个剃头的,都以为别人会管饭,最后反而落空,这如同一些子女多的老人,到需要赡养时就成了皮球。为解决没饭吃的问题,我父亲将全屋场老少爷们的名字抄满一大张红纸,贴在族堂山墙上,以便轮流做东。剃头匠已摸索出经验,当天井石上晒满阳光时,就要"说饭",因为早了人家在地里没回来,迟了米已下锅。由于剃头饭责任不明,像摊派任务,各家都不当回事,来"说饭"了,就多丢一把米,或者剁几块山芋,炖个鸡蛋羹则非常客气了。是好是孬,剃头匠不敢计较。

到了腊月底,老少爷们都要剃年头辞旧迎新,这是一年最后一次剃头,剃头匠一个都不敢落下,因为这既关系到岁末收头钱,也关系到下年生意的终续。别看辛苦了一年,头钱也不是很多,但如果谁被漏剃过,偏偏他又耿耿于怀,就要陪些小心,甚至被赖账。剃头匠惹不起赖账的,也躲不掉欠账的,毕竟穷人也要过年,需要打理的地方如铁匠的围腰全是窟窿,都是乡亲,总不能一副黄世仁的嘴脸吧?那些寅年压着卯年的欠账,最后成了呆账,直憋得剃头匠一次次压缩春节开支。

现在去乡村转悠,已见不到剃头匠的踪影,倒是城市的某个角落,宝贝般藏着一个,宛如大隐于市的前朝遗老。可以预见,过不了多久,剃头匠同他的老主顾们,都要在时间里风化。

人与狗的战争

　　凭借忠诚的品格和敏捷的身手,狗堪称助力人类战胜自然与邪恶的把兄弟,乃至成为一些民族崇拜的图腾。不过,兄弟也有反目的时候,稍不留神,喜怒无常的板子就要打在狗老弟屁股上。

　　在乡下,狗是村庄的符号之一。天刚放亮,狗早早起床了,在窝边打几个哈欠,伸几下懒腰,便抖擞精神去村头村尾巡逻。东瞧瞧,西闻闻,偶尔抬起后臀,在草丛间洒上半泡尿,这样跑多远都不会走丢。滑溜——滑溜——,身后隐约传来一个女人尖锐的呼唤,狗竖着耳朵确认后,迅速掉头飞奔起来。滑溜,是对狗最贴切的通称。狗不假思索跃过二婶家门槛,二婶怀里的奶娃正涨红着脸解大便,狗嗅嗅那摊稀稠的东西,香着呢,早点有了着落!狗的这点嗜好,一直被人类诟病,但如果它们都绅士了,村庄的卫生状况一定更糟糕。

　　狗通人性,很会讨主人欢心。你还在回家的路上,它已察觉到你个性的脚步,便从家里一溜小跑来恭迎圣驾,摇头摆尾,左右跳跃,像个淘气的孩子。你若停下来,它就屈膝跪下,暧昧地咬着你的裤袖,发出抑扬顿挫之音,仿佛在说,奴才有失远迎,请主子恕罪!搞得你忍俊不禁。中午,你躺在凉床上歇晌,狗伏在旁边打盹儿,亲密地分享着午后的慵懒。忽然,狗警觉地坐直身子,但听"汪汪"声还在喉咙里打滚,便一个箭步冲出来。还真有情

况，无精打采的叫花子，提着脏兮兮的碗筷，正在老樟树下喘气呢。

狗不嫌家贫，骨子里却疾"贫"如仇，只要见到衣衫褴褛的，哪怕是隔壁邻居，都要吠你没商量。全屋场的狗集结起来，龇牙咧嘴，吠声大作，似乎要置叫花子于死地而后快。但走村串户的叫花子也见过世面，纵大敌当前，四伏杀机，仍泰然若定，运筹帷幄。叫狗不咬，咬狗不叫，叫花子对狗的套路，比自己身上哪里虱子多哪里虱子少还有底，要说提防，则是那条屏息凝神、敛声藏刀的黄狗。他先蹲下，佯装捡石块，黄狗退了几步。他又举起光滑的打狗棒，做出冲锋陷阵的样子，黄狗又退了几步。叫花子吃的是百家饭，虽成天把持着一支打狗棒，也不过是虚张声势的道具。他知道打狗看主人，真动手了，躺在凉床上的衣食父母们就要站起来讨公道。

叫花子不敢打狗，主人不舍得打狗，但并不说明天下太平，同在屋檐下，狗偶尔还要忍辱负重，充当一回出气筒。我的老家，有位儿媳妇把婆媳关系处理得像北约与利比亚，但碍于社会舆论，每在暗中使劲，于是狗成了杀鸡儆猴的冤大头。出门踢一脚，脏死了，给老娘滚远点；进门又是一脚，老不死的东西，就会白吃饭！狗被踢得无所适从，夹紧尾巴左右避让，眼眶里晃动着忧郁的哀伤，门牙打落肚里吞吧。老人当然知道儿媳妇是指桑骂槐，但为了家庭大局，只能忍气吞声，悻悻地用混浊的眼神抚摩着角落里的狗。

小孩抓周，前来道贺的乡亲们抢着说，小乖乖像狗一样泼皮啊！狗的生命力极强，据说即使被打死了，只要在身上盖层泥土便能复活。有首状雪不见雪的打油诗：江山一笼统，井上黑窟窿；黑狗身上白，白狗身上肿。雪野空旷，苍莽着刺眼的白，唯有狗在雪中撒欢，狼藉了一地梅花脚印。猫冬的人羡慕啊，但羡慕比妒忌有城府，甚至还是诱发罪恶的酵母——要是把雪地上的狗弄进火锅里，寡淡的冬日岂不有了惬意的味道？民间"狗肉不上席"，狗们以为这是尚方宝剑，谁不知人类善于文字游戏，你要不学点《说文解字》，就有被食肉寝皮之虞。你想啊，那些觊觎美味的人，长毛的只有蓑衣不吃，长腿的只有板凳不吃，被不少地方列为"三宝"的狗肉，能不变通着吃！

那年，我们屋场的母狗情窦初开，绣球却抛在隔壁屋场的老公狗头上。

这对狗男女，猴急地在草丛里表演行为艺术，干柴烈火，欲死欲仙，若入无人之境。不谙世事的孩子们追着狗男女看稀奇，走娘家的小媳妇掩面快速闪过，放牛的老头子则呆若木鸡，似又梦回青葱岁月。老公狗运交桃花，那个兴奋劲像中了五百万彩票，晚上常蹑手蹑脚来到母狗窝边，探探孕情听听胎音什么的。它的行踪很快被几个涎着口水的男人发现了，一通乱棍下去，阎王那又多了一个风流鬼。月光下，公狗被吊在老樟树上，剔骨刀不时泛着鱼肚白，皮剥了，头割了，肺掏了，赶紧挖坑销毁证据。狗肉不上灶，禁忌不可违，各自分工领命，或在墙边用三块土砖架锅灶，或去地里刨生姜，或去家里取油盐，不一会儿，陌生的香味开始在村庄里通风报信。狗肉还没煮熟，隔壁屋场的人便来兴师问罪了，只是事实既定，他们最终同意拿一半狗肉走人。那是见到肉腥就疯狂的年代，我把分给我家的那一份紧紧护在怀里，但仅仅这一次，就有了对狗肉的牵挂。

　　农家营生，卖鸡卖猪卖牛，却不卖狗。那些喜欢躲在梦乡吃狗肉的人，犹豫复迟疑，还是举着逼上梁山的幌子，做了偷狗贼。上哪找狗呢，这个甭操心，狗没贼那么多花花肠子，只要听到动静，就按捺不住了。做贼心虚，必须择个月黑风高之夜，行若幽灵，巧若庖丁，在一串串呼噜的掩护下暗度陈仓。成本最低的偷法是下套子，先找一条棕绳，系上松紧圈，趁狗进攻时顺势圈住脖子，再用力一撺，细胳膊细腿挣扎了几下，就动弹不得。但下套子风险大，毕竟圈狗脖子不比圈羊脖子，一旦被咬，上哪告状去？偷狗贼吃一堑长一智，抓住狗也是个馋鬼的软肋，变下套为下药。毒狗的药小贩有卖，俗名"三步倒"，狗哪里知道窝边的油条、包子之类是糖衣炮弹，一口咬下去，不出三步就被毒气封喉了。昔曹丕难为曹植尚可成七步诗，而狗呢，才三步，连酝酿平仄的时间都不给，够阴险吧。

　　狗肉滚三滚，神仙站不稳。去狗肉火锅店，食客担心的再不是挂羊头卖狗肉，而是挂狗头卖羊肉。看了店家的推介，才知道自己孤陋寡闻，狗肉竟然无坚不摧，大凡消化功能差的，血液循环慢的，被老婆逼着吃肾宝的，一律拿下。有了狗肉店，那些即时起意的偷狗贼虽少了，却剑走偏锋，辟出一条

大发狗难财的产业链。偷狗的开着面包车,带上麻醉枪,从一个村庄扫荡到另一个村庄。收狗的站在冻库门口等着,不问种别,不问来历,只要是狗均可钱货两讫,一俟立冬,冻库里的存货就可待价而沽。

一次赴南京,客车出发不久停在城郊,说是有人捎货。隔着车窗看去,路边堆了几袋鼓囊囊的东西,不同毛色的狗腿子从袋口戳出来。客货混装法所不容,现在还要与死狗同车,乘客岂不成了送葬的?有人提意见。无奈现在的客运线都是垄断经营,对于尖锐的意见,装聋作哑算给你面子。我便开玩笑说,狗这一辈子也挺可怜啊,惨遭毒手不说,还要葬身异乡,同我们坐一回车也是缘分啊。先前提意见的人温和地笑笑,大概释怀了。巧的是,捧读的文摘上,载了一篇饮食文章,言韩国人嗜狗如命,一年要吃掉两百万条。我着实吓了一跳,韩国才多大点地方,如此巨大的消耗量能自给自足吗?车上的这些死狗会否绝江跨海换外汇?那边的动物检疫人员会否监守自盗?一串问号下来,竟产生了幻觉,仿佛邻家失踪的小花狗正躺在韩国的某只火锅里。我想,起草中的《反虐待动物法》尘埃落定时,即使采纳了专家建议,对禁区内宰、销、食猫犬者课以重罚,其执行力和威慑力都不容乐观。

前不久,我县一野狗连伤八人,一时间大家谈狗色变,人人自危,待合力围捕后,笼罩城乡的恐慌得以平息。狂犬病毒可潜伏数年,发病死亡率高达百分之百,人一旦被狗咬伤,必须在二十四小时内注射抗狂犬病毒免疫球蛋白。看来,狂犬病毒是狗反击人类的秘密武器,但祸起萧墙,狗的真正浩劫也正源于此。

禽流感那会儿,长了羽毛的九族们都被株连了,就差羽绒服没清仓销毁。宁错一万,不漏一个,在恐惧面前,人就摇身一变为极端主义者。那些于紧急状态下应运而生的打狗队,一手高擎杀狗令,一手挥舞打狗棒,无论野狗家狗,不管有证无证,一网打尽,务求领导来视察时,听不见狗叫,看不见狗跑。打狗队的年终总结,洋洋万言,劳苦功高,只是夜里卖死狗以补充"三公"经费这一节,滴墨未着。

狗没了,小偷奔走相告,人战胜狗啦!但很快遭到质疑,某老板耗资百万买藏獒,某富婆千万家产赠爱犬,某公墓人狗同寝只问钱,某儿女孝顺小狗胜老娘,某少妇金屋藏狗当男宠,你敢说人完胜于狗?

物竞天择,无论什么生命,既然能在地球上延续香火,一定有其独到智慧,这无关高贵,无关卑微。譬如,人需要奴性的按摩,狗擅长奴性的研发,就注定人与狗的战争难分伯仲,这大抵也是人与自然辩证的和谐吧!

杆秤

醒来望墙,慵懒的目光被顿时擦亮。"满身花纹影如蛇,空闲日子墙上爬,千斤万斤肩上过,一五一十不虚夸。"儿时熟稔的谜面像破土而出的春芽,在这个朦胧的清晨嗞嗞作响。没错,墙上挂的是杆秤,且多年未动过。

杆秤由木杆、星花、铁钩、秤砣、两个提扣组成,通过秤砣在秤杆上移动获得平衡后,得出被称物体的重量。我最早见到杆秤是在生产队的队屋,那里有半间屋大的粮仓,有一人高的篾囤,有几围粗的菜籽油缸,不同的收获季节,不同的五谷杂粮在这里会师,然后经由杆秤的调度,化整为零,温暖起农家一个个冰冷的锅台。队里有大小两杆秤,大秤最多可称一百八十斤,小秤最多可称八十斤,哪家好不容易用一次秤,必须找队里老保管开借。

大小两杆秤同时被一家借去,不用猜,那家一定是杀了肥猪,因为邻里米麦豆粉之类的通挪都用小升斗度量,无须劳驾杆秤。屠户把肥猪开膛砍边后,就招呼拿大秤来,秤钩泥鳅般钻到大半边猪肉的脊椎骨下,一二三,他的号令还没喊全，穿过提扣的抬杠已重重地压在两个壮实邻居的肩上。屠户歪着脖子朝地上看，急忙叫停。这猪太大了，人必须站在凳子上抬秤，否则猪肉的首尾就会拖到地上，弄脏事小，搁了砣短了秤事大，说不定在灶上准备旺仔酒席的婆娘待会儿还要接你酒盅呢。这头猪快养两年了，她早指望杆秤帮她称称日积月累的汗水。如果猪肉不是一次性卖给肉贩子，邻居们有钱无钱，都会多少称点打打牙祭，这时灵巧的小秤就该登场了。小秤被吊系在旁边的樟树权上，掌秤的一准又是队里的老保管，旧几案上，放着他的烟筒和给主家记账的纸笔。"老保管，别让秤砣砸烂脚啊！"开秤时，不知谁在嚷，逗得大家忙不迭帮腔起哄，那意思是提醒他要给足秤。猪肉称完了，老保管拿算盘一扒拉，亏损五六斤，主家接过账本，笑着连声说没事没事。收的现钱也不多，因为赊账的人不少，这要等人家杀猪才能称肉扯平。

当资本主义尾巴逃脱被割的命运时，商贸像放出樊笼的小鸟一下子活跃起来，杆秤也似"公证员"频繁地抛头露面。但林子大了，什么鸟儿都有，等到心生疑窦的乡下人证实一担稻子在收购点少了五斤、买回的化肥少了三斤后，他们一改胆小怕事的传统品格，愤而折断犹如黄世仁家魔鬼升斗般的杆秤——杆秤成了代为奸商受过的替罪羊。一位在工商部门工作的朋友说，那时他每年收缴的"问题"秤多达几十杆，诸如吸附磁石、杆头安插铅条、大小秤砣调包等，虽属雕虫小技，却是层出不穷，非圈内人士难以识破。时下流行的"捉砣"一说，俨然成为吃拿卡要敲的代名词，据说就是肇端于在秤砣上做手脚的损举。

市场上假秤多了，买卖时总担心被耍，自己有一杆秤不失为最好的办法。某个风和日丽的上午，制秤师傅在村里一吆喝，那些对杆秤有迫切愿望的村民都争着去抢担子，制秤师傅倒成了甩手掌柜。待主家定下称重的多少，制秤师傅就开始架风炉、熔铜钱、选秤杆、掐秤砣，等铜水冷却敲成薄铜片并在秤杆的两头包好后，就可以系提扣。为方便使用，一杆秤都具备大、小秤功能，而决定大、小秤的正是提扣，它类似于阿基米德撬起地球要找的那个支点。所以，一杆秤要系两个提扣，大秤居前，小秤居后。杆秤是否准确，由小秤的定平心说了算，即提着后面的提扣，移动秤砣，空秤达到平衡时，秤砣吊的位置就可以钻第一个星花，即定平心。小秤的星花在内侧，一般一两起花，师傅先用标准计量码一斤一两地测出相应距离，再用卡尺等距度量出下一个星花的位置。全部标记好了，师傅拿出小花钻，一阵拉压，先前标记的地方留下了一排小钻孔，往钻孔里嵌过铜屑，再戳几下，星花就金子般亮。大秤的星花在秤脊，一般二十斤起花。提扣位置不同，起花大小有别，在认秤时没少闹笑话，像隘口街上一位饱读诗书的罗老先生，买干柴时总要请街坊帮他看秤。

说起暴君，秦始皇应该算一个，但过不掩功，他在成就一统江山的伟大霸业后，统一了度量衡，其历史贡献也是蛮大的。试想，同样重的商品在鲁地称是十斤，在燕地称却是十二斤，交易时，如同人民币与美元需要汇率的参与，太烦琐了。制秤师傅说，秦始皇虽然统一了度量衡，却不是杆秤的发明者。

相传，为越国灭吴雪耻立下头功的范蠡，深谙国君勾践可共患难不可共安乐，遂在论功行赏时急流勇退，与知心爱人西施跑到齐国下海经商去了。几年后，却散尽千金，辗转至陶，并靠操计然之术把握商机，又成了富可敌国的范大款，而杆秤则是他在经商实践中的意外收获——他用东方人的思维具象地阐释着杠杆原理，以南斗六星和北斗七星为标记，一颗星代表一两重，制造出了十三两为一斤的杆秤。今天，我们常说半斤对八两，这是因为大家都熟悉古代是十六两为一斤，其实这三两也是范蠡加的。原来，有了杆秤，虽克服了市场估堆陈弊，但不久范蠡又发现一些奸商以缺斤少两的卑鄙手段损害消费者利益，于是他在原来的基础上添了福、禄、寿三颗星，一斤也相应提高到十六两。少一两没福气、损二两无功名、缺三两折寿命，哥们，看你还敢不敢克扣斤两！看看，人家范蠡还是消协的鼻祖呢。在我国，十六两制杆秤一直沿用到新中国成立初期，到 20 世纪 50 年代后才改为十两制。隔着两千五百余年的波涛，范蠡苦心孤诣的金山银山早不知卷往何方，更恒久的却是副产品——杆秤。

对一头活生生的大象来说,杆秤只能望洋兴叹,而小曹冲的神来之笔是把一只船作为秤的延伸,让他的老爸曹操在众大臣面前着实骄傲了一把。如果曹冲不是十三岁早夭,也许磅秤的问世外国人就别想抢头功了。其实,超重之物难称,超轻之物也不好对付,譬如配草药,即使误差在钱两之间,也可能夺人性命。小时候,对药师手中那杆长不盈尺的铜秤非常好奇,红花九钱,甘草一两,药师的精干就像那杆精致的铜秤。药师说,没见过吧,这叫司马秤,准得很。莫非正是具备了精准优点,在杆秤逐渐被电子秤取代的今天,司马秤仍在药房偏安一隅,苦撑着杆秤残存的余晖。

在古代,秤砣叫权,秤杆叫衡,权衡一词由此得来。挂在墙上的杆秤多年未动,甚至仍会永远保持那种静止状态,我也完全可以视而不见,但身处布满十字路口的俗尘,进退取舍,褒贬臧否,不能不穷力权衡。如此看来,范蠡不愧为人中之杰,即使一杆有形的秤消失了,另一杆无形的秤还在你我心中知轻识重。

三秋菇

山珍海味,席上最爱。山居人家,出行不方便,经济较落后,别怨,遍地山珍算是一种补偿。不过,如今不管什么飞禽走兽,都可 ABC 地对照上保护动物名录,除非老鼠,你要猎而食之,那就背负了破坏人与自然和谐的罪名,或有破财之虞,或有牢狱之灾,哪一样都要让泛滥的涎水付出惨重代价。而最环保的山珍，当推情有独钟的三秋菇。

西风起，天转凉。层林尽染，落叶飘零，一个绿色王朝从巅峰向低谷滑翔，让疏朗的林子，潮湿着悲秋情怀。当然，萧条与肃杀并不一定是生命的禁区，在布满松毛的林地，菌丝正在蓄势待发。

秋雨修炼了一副慢性子，淅淅沥沥，不紧不急，如同母亲的爱抚，苏醒了鼾声四起的菌丝。先是由白丝而星绿，再是菇疙瘩破土而出，最后羞答答地掀翻松毛盖巾，而这种化腐朽为神奇的涅槃，从开幕到闭幕不出三天就能完成。三秋菇色如肌肤，形如纸伞，大大小小，高高矮矮，在山野升腾起淡淡的清香，仿佛向世界张扬，传说中的三秋菇来了！伙伴们，赶紧挎上篮子，提上竹篙上山吧！

小时候，我是采三秋菇的行家里手，这方面的天赋，至今被乡人乐道，如同一坛陈年老酒。举个例子吧，中午放学回家，见母亲还在淘米，便丢下书包一溜烟跑到山上，差不多一袋烟工夫，就采了半葫芦瓢，正好赶上家里弄菜。母亲说，鸡蛋汆菇汤吧。这锅汤母亲用了两葫芦瓢水，但你一勺我一勺后，偌大的汤钵如同久旱的枯井，滴水不剩。

三秋菇是秋林的新宠，但不是上什么林子都行，如果不是松树林，纵然眼珠子钻进土层，注定竹篮打水一场空，所以我们也管三秋菇叫松树菇。茅草障目，这时竹竿派上了用场，将其左右掰开，猛见一帮子菇肩并着肩、脸挨着脸，正挤在一块交头接耳呢。除了松树林，三秋菇对水分、阳光、土质也有讲究，采菇人只要兔子摸旧路，一定有所斩获。采菇最好抢头茬，但没抢上也不要懊丧，鱼过千层网，菇过千层眼，你换个视角，曾经的盲区就成了服务区，如同变着面孔纠缠我们的那些问题，换一下思路，转一个方向，就柳暗花明了。不过，这个季节的茅草里还有不能食用的毒蘑菇，如肥硕金黄的剥皮菇、妖艳如花的胭脂菇，一旦误食，小命就要遭殃。我常想，蘑菇与河豚是不是前世的孪生姐妹？

三秋菇的盛产期一般二十天左右，你要错了这一村就没这一店，所以各家的灶台都会抢抓机遇点燃久违的美味，或炒或汤或蒸糯米饭，那一份鲜美

总令人食欲振奋、斯文扫地,宛如天生丽质的女子,任意怎么穿戴打扮,都能吸引或欣赏或猥琐的眼球。

现在的菜市场基本模糊了节令的痕迹,反季节蔬菜光鲜了市场,却让餐桌危机四伏,但当新鲜三秋菇上市时,一定在霜降前后,这也许是人类还没有找到人工繁殖的密码。问一下价格,一斤居然要二十五元,比土猪肉还贵。囤积居奇的小贩一语中的,要的人那么多,采的人那么少,物以稀为贵嘛。三秋菇的美味是绝对绿色的,毕竟是没被催熟剂、膨化剂、避孕药污染的原生态。偶尔可进进馆子,要么别人埋单,要么公费签单,再贵都要上一道——尝鲜不光是对味觉的慰藉,还是一种优越感的体现!

双休日刚好天晴,带上饮品水果,骑车去乡下采菇。现在人都外出打工了,砍柴的人少了,山上荆棘丛生,灌木蔽日,那些原本茂盛三秋菇的地块,要么进不去,要么阳光不足颠覆了三秋菇赖以生长的环境,一上午下来,仅采了一斤多菇。岳母说,几百元的外套被荆棘挂出了几个线头,这损失能买一篮子菇。我当然不以为然,因为我采的不仅仅是物质意义上的菇。

原始的就是永恒的,一直走俏的三秋菇给出了注脚。

第二辑

大地走笔

　　一方水土养一方人,也养一方言。地球上有多少种方言,估计无人统计过,而可以肯定的是,每一种方言都是自成一体的大千世界,都是被钙化了的文化标签,就像人的影子,即使在天涯海角都不会走丢。

三问六尺巷

　　"一纸书来只为墙,让他三尺又何妨。长城万里今犹在,不见当年秦始皇。"官至宰辅的张英这封处事干净利索、说理深入浅出的家书,不但验证了"宰相肚里可撑船"的宽容,成就的六尺巷更是如同一个符号,至今仍在向人们讲述着一出礼让向善的人间佳话。不过,当我第一次穿过荫翳下的六尺巷时,除了对张氏父子宰相油然而生景仰之情,触动心弦的还有三个问号。

　　六尺巷位于桐城市区西环城路宰相府内,东起西后街巷,西抵百子堂。该巷全长百米、宽六尺,巷墙大青砖砌就,巷道鹅卵石铺成,巷外香樟参天,巷内肃穆氤氲,如果不是一伙人进入这笔直的黑色古巷,我定会不自觉地加快脚步。据史料记载,清康熙时,文华殿大学士、官至宰辅的张英世居桐城,其府第与吴宅为邻,吴氏建房想越界占用张家隙地,张家哪咽得下这口恶气,飞马驰书于京都。张宰相阅罢家书,以文首之诗作复,动员家人让出三尺地基。而见贤思齐的吴家并非孬种,也效仿张家向后退让三尺,最终形成了为张宰相留下美誉的六尺巷。在六尺巷的西入口,后人�矗立起一座上书"懿德流芳"的牌坊,借以标榜没有以势压人并以"让他三尺又何妨"的大度来化解邻里纠纷的张宰相。这多少让人觉得有点不公,因为我的本家,即张家的北邻,早已被人们忽略了。

　　古往今来,官老爷们头上有乌纱,手中有权杖,股下有交椅,内心有私欲,太多的干部轻而易举就可以践行权为己所用、情为己所系、利为己所谋。无奈胳膊拗不过大腿,咱老百姓是弱势群体,得服从领导,得听天由命,得忍气吞声,如果说被压抑被盘剥者尚存一线希望的话,那就是寄托于领导的良心发现,寄托于明君的铲奸除恶,寄托于苍天的因果报应。于是,官老爷没仗势欺人,没鱼肉百姓,没贪赃枉法,没包养二奶,就是好领导,就要载入青史。其实,做官也是一种职业,他们月有奉供,年有嘉奖,该得的得了,该拿的拿了,执政为民,秉公办事,廉洁自律,表率于众,是恪守职业道德应尽的本分,如同牛必须把地犁好一样。相反,若背离了官道,就是渎职,就应受到相应处罚。水可载舟亦可覆舟,百姓本是一支监督和促进政治清明的力量,但在几千年专权奴化下,国人习惯了逆来顺受,习惯了夹着尾巴做人,习惯了打落门牙肚里吞。对不公与不平,轻则装聋作哑敬而远之,重则奴颜媚骨为虎作伥,这在一定程度上也助长了官场邪气的嚣张。而司空见惯的后果是,集体的麻木,集体的失语。俗话说老虎的屁股摸不得,那宰相的屁股呢? 估计借你三个胆也不敢摸吧。匪夷所思的是,在三百年前的桐城,居然有人敢冒天下之大不韪,那就是大清宰相张英祖居的北邻吴家。六尺巷啊,如果不是当年吴家敢以卵击石会有六尺巷吗?

社会是个大家庭,每个人都要与周围的人群构成不同的社会关系,而邻居关系则是人皆有之而易生矛盾的关系之一。张英贵为宰相,但家族总不能搬到月球上,琐屑的生活注定张家与左邻右舍多少要闹点别扭。尽管清官难断家务事,而张英却把家事处理得比政绩更招人耳目,但这也没什么了不起。你想想,作为一人之下万人之上的国家领导人,再怎么说也不会为几尺地而在天下人面前大跌眼镜吧。倘若你处在他的位置,相信也有他一样的胸怀。倒是那个邻居,一个民间的群众代表,不但没有得寸进尺,还以礼相待也让出三尺地,你想想,谁的胸怀更宽广? 导致邻里矛盾的原因,无非鸡犬相扰,无非口实相辩,无非謦龄相斗,无非财物相争,但在民间,有了"人安己亦安"这盏夜航灯,邻里和睦相处的事例比比皆是,所谓"生得亲不如挨得近"。怪的是,这事儿一旦与张英撞了一下腰,就成为争相报道的正面新闻,以致享受到树碑立传的殊遇,而另一个主人翁,那个资产绝对少于张家却同样为六尺巷贡献了一半地皮的吴家,连名字都没留一个。六尺巷啊,

大地走笔 第一辑

难道你也感染了趋炎附势劣根性病毒吗?

这宗地皮案,要是今天只要把国有土地使用权证那么一晃,问题就迎刃而解了,但彼时的地契效力一定打了折扣,更没有《物权法》为当事人主张权益,对簿公堂的结果极可能是气得要跳河的不公。在遵循"三纲五常"的封建时代,在王法可以玩弄于朝廷命官股掌之间的吏治社会,在欲加之罪何患无词的恐怖氛围里,如果不是有咽不下的冤情,如果不是有不怕死的维权勇气,谁吃了豹子胆去跳起来与宰相的家人过招?按照这个逻辑,吴家建房想打张家的主意颇值得质疑,起码引起纠纷的隙地本身就是有争议的。但后人众口一词说吴家理屈在先,凭空丑化无权无势的另一方当事人,莫非是想达到神化清官的效果而有意为官者讳!六尺巷啊,作践吴家不就是作践底层的老百姓吗?

每一个时代都有两个版本的历史,一个版本来自官方,一个版本来自民间。三问六尺巷,并非要标新立异达到哗众取宠的目的,也不是因为那个邻居与我是本家就蓄意偏袒,更无意贬损早在人们心中树起道德丰碑的张宰相,我仅仅希望再现历史的真实,希望民间不要忽略民间的光芒。

瓦屑坝,符号或胎记

那年清明节,我有幸一睹斑驳发黄的《吴氏宗谱》。序言里,有一世祖自饶州瓦屑坝渡至湖口,再绝江至宿松古鲟镇,再迁徙于梅墩畈道士湾之记载。"瓦屑坝",如此组合排列的三个汉字,第一次冲击着我的视觉,更冲击着我的心房——像所有人一样,我同样不乏追问生命的情结和探究根源的好奇,以期破译家族的密码与人生的机巧。

在中国地图上,瓦屑坝是一个无资格奢望得到标记的小地方,但因定格了家祖或从容或匆忙或憧憬或焦虑的脚印,在我心中有如对周口店北京猿人遗址般的崇拜。我没有理由不进入它的内部,然后,在历史长河里打捞琐屑的记忆,让瓦屑坝的轮廓渐渐清晰。

据考证,瓦屑坝位于今江西省上饶市鄱阳县城西南约十公里的鄱阳湖滨。鄱阳湖,作为我国第一大淡水湖泊,早在小学课本里就知道那儿是物产富饶的鱼米之乡,是人文荟萃的文明古地,曾像一个神话,蓬勃着我幼稚的向往,殊不知她居然是家祖的故乡。所以,当江西最早用"既要金山银山、更要绿水青山"阐释出科学发展观的要义,并在蓄势待发的中部地区树起"江西现象"的猎猎旗帜时,我作为宿松赴赣考察团成员,在整个江西跑了一圈后,尤觉赣北的乡风民俗熟稔至极,仿佛车窗外的古民居就是家乡的某个老村落!

遥想当年,我的家祖在鄱阳湖畔亦渔亦农,或泛舟湖上捕鱼捞虾,或叱牛畦边围田垦殖,晌午,靠在河湾千年古樟的荫翳里歇息,看云卷云舒,数帆影点点,听蝉声切切,闻花香涟涟,卸了犁耙的水牛在旁边幸福地啃食青草,蚂蚱四惊,而牛背上寻找平衡的白鹭,早为这顿美餐蓄谋已久……在农耕社会,这怎不是繁衍生息的人间天堂?那么,是什么原因让我的家祖背井离乡、徙居异地?我想起了战争——在中国古代人口流动史上,除了战争,少有像今天因三峡建设而组织的跨区域移民现象。

吴氏先祖是明朝初年迁徙到宿松的,而此前的元末农民起义风起云涌,到剩下陈友谅、朱元璋逐鹿中原时,因双方势力在伯仲之间,战争的惨烈程度不输数百年后的太平天国安庆保卫战,以致陈、朱"水战十八年旱战十八年"的诸多传说,今天还在宿松民间盛传。程营、宗营、桂家营,造访长江北岸这些以当年驻军将领姓氏命名的地方,也许会隐约传来历史深处的隆隆

大地走笔
第一辑

炮声和啾啾马鸣。后来,虽然朱元璋以"高筑墙、广积粮、缓称王"策略赢得了最后胜利,然而向来为兵家必争之地的安庆府治,旧伤未愈,又遭新刃,自元至正十一年(1351)到至正二十四年(1364),朱、陈在鄱阳湖、安庆、池州一带长达十三年的战乱,对地处战场中心的宿松来说,遭受的打击无疑是毁灭性的,血流成河、人烟几绝、田地荒芜、狐兔交欢,是当时战后宿松的真实写照。即使到了洪武十年(1377),全县人口也只有四万一千四百八十人,仅为现在的二十分之一。怎么办?朱天子一纸诏书,人口密度大、战争创伤小、地域地貌近的饶州人,只能选择叩谢龙恩了。于是,在瓦屑坝这个鄱阳湖边的古渡口上,集聚着一批批被刀棍与绳索驱赶来的老百姓,他们或抱头痛哭,或拜别家乡,然后喝一口井水,捧一把乡土,带着对未知的惶恐,被推上了向北的渡船。到达湖口后,多数人就近在安庆府属各县定居,少数人或溯江而上迁入湖广,或顺江而下迁往京杭。在我县与湖口隔江而望的汇口镇,有一个叫吴墩的地方,那里应该是家祖着陆宿松的第一站。

一次朋友聚会喝酒,不自觉地把寻根问祖话题做了下酒菜,全桌十人六姓,先祖居然全部来自瓦屑坝。清翰林院编修、与戴名世、方苞一起开桐城文派新风并号称"清初三才子"之一的宿松人朱书,在其《杜溪文集》里有这样的记载,"吾安庆,古皖国也。灵秀所钟,扶舆郁积,神明之奥区,人物之渊薮也。然元以后至今,皖人非古皖人也,强半徙自江西,土著才十一二耳。"民国版《宿松县志》载,在元末明初迁入本邑的一百四十三族中,迁自江西的有一百一十六族,其中有六十九族明确记载来自饶州瓦屑坝,其余来自九江、吉安、"江西"、"江右"诸地。在明洪武二十四年(1391),安庆府约四十二万人口江西移民占二十八万,其中约二十万来自饶州瓦屑坝,这是一个多么庞大的群体啊。原来,明朝政府强迫移民后的几十年间,同乡在宿松等迁入地享受到徭赋减免优待和肥沃土地回馈的消息传回饶州后,在渐显人口压力的鄱阳湖地区,引发了自发前来"淘金"的移民潮。而这些移民后裔,人丁兴旺,英才辈出,除了宿松的朱书,在安庆地区还有张英、张廷玉、戴名世、吴汝纶等。无怪乎朱书在倡导皖江文化的《告同郡征纂皖江文献书》一文中,提出了"皖人"和"古皖人"的概念,并认为是土著文化和移民文化之间的碰撞与融合才形成了独具一统的皖江文化。

在鄱阳湖畔,瓦屑坝是普通的,因为它在圩区众多挡水堤坝中太常见了,以致今天在汛期难觅其踪;但瓦屑坝又是特殊的,它见证了一段历史的疼痛,是我和许多宿松人、安庆人的先祖魂牵梦绕的故乡符号。六百年啊,时间的流水让许多人事发生了嬗变,却丝毫没有消磨瓦屑坝烙在我胸口的胎记。

瓦屑坝,我永生铭记的血脉源头。

方言

一方水土养一方人,也养一方言。地球上有多少种方言,估计无人统计过,而可以肯定的是,每一种方言都是自成一体的大千世界,都是被钙化了的文化标签,就像人的影子,即使在天涯海角都不会走丢。

坠入一个人地生疏的环境里,有一点恐惧,有一点彷徨,甚至要一点戒备,为什么? 听不到熟稔的家乡话应该是重要原因。方言不单让你亲切,还给你自信,给你胆量,给你安全,离开了茂盛方言的水土,人就会荡漾起寄人篱下的漂泊感。出门在外,用"混血儿"式的普通话同人家交流,神经绷得紧紧的,唯恐表达不准造成误会,生出岔子。在家乡,即使彼此互不相识,也会很快聊出老熟人般的亲切来。而去上海办事,面对公交车上陌生又惊惶

的面孔,我选择的是谨慎开口。我不知道他们从哪儿来,也不知道他们到哪儿去,我戒备着车上所有的人,像所有的人戒备着我。公交车上有老乡吗?我不能为了满足这个好奇,去一个个地询问,或者查验人家的身份证。最好的甄别方法是,都说一句话,用家乡的方言。我这么想着,奇迹就发生了,坐在前排的两个人在嘀咕生意上的事,而他们的方言符号让我兴奋不已,并断定他们一定是我们宿松老乡。起身拍拍肩,用家乡话打个招呼,我们的脸上就灿烂着他乡逢知己的阳光。原来,他们扎根上海合伙做装饰材料生意多年了,同客户交流都用上海话或普通话,两人相处则用家乡话,这样不别扭,还利于商业保密。他们说,在家乡之外打拼,必须达到利索地说当地方言的水平,这是生存的要素。方言无形,却能借地域的政治、经济、文化等方面强势,实现着渗透扩张的梦想。

在公安通缉令上,犯罪嫌疑人的有关信息一般都要提到操某地口音,口音就是方言。通过方言这张集体身份证,可以把各色人等划入某个地域圈子,公安因此缩小了侦查范围,而犯事的人却因此暴露了尾巴。所以,每当看到通缉令上说犯罪嫌疑人操安徽口音时,对那些不守本分的老乡(老乡也是一个相对的概念)就有些恨铁不成钢,总觉得跟着蒙羞了。当然,安徽没有统一口音,就是更小范围的我们宿松县,也没有统一口音。我县与江西、湖北毗邻,受邻地影响,有着明显差别的方言多达五六种。同时,我们的方言也一定对毗邻的江西、湖北那边的方言产生改造作用,从而衍生一种新的口音,这样的口音在外地人看来一定是模糊的。其实,别说是相邻的地方,即使是遥隔千里,口音也可能相近,这个道理就像特型演员能以假乱真一样。由于方言的准确性比 DNA 差远了,说犯罪嫌疑人操某地口音是不严密的,我们安徽人就曾为"安徽口音"说法展开过一次捍卫名誉的讨伐。

有一段时间,重庆电视台《雾都夜话》栏目专播用重庆方言演绎的情感类小故事,吸引我的不是故事本身,而是重庆方言。在我的想象中,两地虽同饮一江水,却是君住长江头,我住长江尾,被重峦叠嶂包裹的巴蜀古地,其方言应该是躲进小楼成一统,绝对与吴头楚尾相去甚远。然而,《雾都夜话》让我开了眼界,重庆方言许多地方同我们这儿太相近了。你听听,都是把"阿姨"说成"娘娘",都是把"聪明"说成"灵醒",都是把"可以"说成"要得",都是把"轻松"说成"撒脱",等等。我深信这里面一定有什么渊源,而且多次在与朋友聚会时把我的疑惑说出来,希望群策群力破了这个谜团。前不久,在网上阅读了成都日报上《张献忠为何三入四川?》一文和在《百家讲坛》听了葛剑雄教授有关地域文化讲座后,这个问题终于破解了。原来,明崇祯皇帝煤山上吊那年(1644),第三次攻入四川并当了大西皇帝的义军首领张献忠,实施了"屠蜀"行动(史称"张献忠剿四川"),我的桐城老乡张廷玉在编纂《明史》时,虽疏忽了张献忠入蜀"共杀男女六万万有奇"的记述因超出了当时四川实际人口数的二百倍而遭到今人的质疑,但累遭兵刃的天府之国已赤地千里、人烟荒芜则是不争的史实。清初,朝廷以五年不收税赋的优惠政策从湖广地区移民,大批湖北麻城人迁居入蜀,而湖北麻城地区正好是与我们宿松山水相连、人文相亲的近邻。如果再往明初追溯,湖北麻城人与安徽安庆人大多迁自鄱阳湖的瓦屑坝,说不定就是一个村庄的。移民们带去的不光是开垦荒地的劳动力,还带去了习俗,带去了方言——揭开方言的隐私,那里面总有一串或民不聊生或盛世太平或荡气回肠或柔情似水的历史画面。

"少小离家老大回,乡音未改鬓毛衰。儿童相见不相识,笑问客从何处来。"贺知章的这首《回乡偶书》可谓妇孺皆知,该诗之所以备受后人推崇,我想,除了艺术上的高度,还有乡音未改的情愫。一个人从背井离乡时的英姿少年到叶落归根时的老态龙钟,其间要经历多少风风雨雨,要阅读多少人事嬗变,但"乡音未改"这平平实实的四个字,却道出了作者依恋故乡的深情,也一下子填平了与乡亲之间被时间冲刷的感情沟壑。在老家,乡亲们评判回乡人忘没忘根的依据,不是你混了什么官衔,挣了多少钱两,也不是看带了或轻或重的礼物,而是听你说话,是不是讲方言,要是撇腔撇调了,就不屑一顾,就低看一眼,甚至要毫不留情地指责你。说是连父母教的方言都丢了,还有什么不敢丢。去年,曾在上海市任高干的叶尚志老人回乡省亲,顺

便到我们单位看看，八十八岁高龄的他，虽整整离乡八十年了，但说的是地道的宿松方言，令人敬佩。八十年啊，在烽火连天的解放战争年代，在位高权重的和平建设年代，他无时无刻不要与外乡人交流，无时无刻不受到其他口音的侵袭，他是如何为家乡方言留一方静空的呢？莫非一个人独处时就自言自语说说家乡话？

今天，交流空间宽泛了，文化结构多元了，方言如同一条条汩汩流淌的小溪，必须在丰富多彩的语言海洋里谋求相融相通。但我深信，不管世界怎么变，方言永远都是深入血脉的坚守，是系在游子身上的脐带。

大雪，大雪

雪落无声，夜幕无影。早晨醒来，室外分外白亮，推开窗，一场久违的大雪，猝不及防地装点出陌生世界。只有结果，略去过程，一场不完整的雪，用残缺的情节制造着淡淡的遗憾。

南极、北极，或者擎天的珠峰，皑皑白雪是万寿无疆的霸主，但在江南，有雪的日子只能是数九寒冬，因下在年前的腊月，家乡人称之为腊雪。这些年，腊雪像一位走淡了的远房亲戚，背弃了候鸟的诚实，就是遇上西伯利亚寒流，一场本应是原驰蜡象式的大雪被克斤扣两后，都是轻描淡写地走走过场。

与今年不同，过去的好多年里腊月都没有雪，我相信，许多人像我一样，在沮丧中深深浅浅有过对一场雪的渴望——那种可以什么农活都不顾的闲适是雪的馈赠。这时，人们大都会跷上木屐，捧上火炉，相约到某家打打小牌，谈谈年事，中午再就着没有荤腥却热气腾腾的萝卜火锅，让一年的疲倦在散淡的雪天里得到休整。某种程度上，一场腊雪下的是醇浓的年味，一场腊雪已然是江南未竟的冀望。多少年啊，今年总算下了一场不算小的腊雪。楼下有孩子在用欢呼传递着下雪的喜讯，雀跃着表达对奇妙自然的膜拜，那些少不更事的情绪里，估计不能分辨出腊雪与春雪的异同——隔着几十年的光阴，他们的儿时与我的儿时变得如此遥远。

从窗沿出发，广袤的圣洁染白了参差不齐的楼顶，染白了街巷稀疏的树木，远山变得异常晃眼，像高低错落的面粉堆，天和地毛玻璃般铆在了一起。多么洁白的美啊，上升的温度，蹒跚的汽车，自扫门前雪的人，突然变得可恶起来。应该说，对纯洁的向往是人性的光辉，但纯洁作为一种境界，又是难能可贵的追求。

在化学分子式上，H_2O 标识了雨和雪是一个胚胎的孪生姐妹，都是下嫁凡尘的天使，但江南稀罕雪，北国稀罕雨，气候总是如此鲜明地决定着它们进入的状态。据说，在以赤道为中轴及南北回归线为外围的区域内，是雪的禁区，但特例也是有的，如秘鲁境内的瓦斯卡兰山虽是赤道的邻居，山顶却经年冰天雪地，海拔的高度冲抵了高热的阻碍。我想起了哲学的思考，内因固然重要，外因同样令人敬畏。

这个早晨很冷，当然冷并非酝酿又一场雪，而是雪挥别的仪式。妻子说，想多钻会儿被窝，你自己到街上买吃的吧。虽又是双休日，然而那只是日历上的概念，因工作性质的特殊，今天我仍须按时赶到岗位上。我真希望今天不加班，惩罚是扣发当天的考勤费，可惜残酷的现实把太多的希望赶到了希望的背面。我惦记着家里的温暖被窝，甚至羡慕妻子无所事事，自己做自己的领导，不管损失多少，只要乐意承担就行，我突然觉得她的那种逍遥和闲散太奢侈了。刚要出门，妻子嘱我尽快帮她在哪儿找份工作，累点都不要紧。

瑞雪兆丰年，诗意诠释的科学把它同缥缈的祝词划分开来，因为雪能冻死那些韬光养晦的虫子。然而怕冻的除了虫子，还有其他东西，如开春早播

的马铃薯,一场雪便是那些嫩苗苗的灭顶之灾。对许多事物来说,适期而至的寒冷并不可怕,可怕的是倒春寒这位不速之客,就像在大兵压境时,从容不迫的你表现得气定神闲,而在一次毫无准备的伏击中,惊慌失措的你又会丢盔弃甲。由春风得意到黯然神伤,由踌躇满志到折戈断臂,一场春雪便足够了。雪,还是下在腊月好。

电视上播了一条新闻,说伊拉克下雪了,因为这是伊拉克 100 年来下的唯一一场雪。雪掩盖了肆虐战火的血腥,掩盖了外扰内患的疮痍,但愿雪后的安宁永远在那里栖息。

与鸟为邻

立夏之后,住宅楼对面的鲤鱼山披上了斑驳的"迷彩服",蓊蓊郁郁的树们,肩并着肩,手挽着手,用严实的荫翳裹住内部的隐秘,怀揣梦想的藤蔓、刺探情报的蚂蚁、坠入爱河的恋人,正好享受山林的恬静。鸟儿另类,凌晨四点就嚷嚷着说学逗唱了,嘈嘈杂杂,婉转悠扬,轮番刺激我安睡的听觉。

我算半个夜猫子,一般凌晨十二点左右上床,早上七点半起床,节令的痕迹有些模糊,即使是夏至日长,冬至日短。鸟儿更识节令,北上南下从不误时。这个季节,无论土著鸟还是迁徙鸟,我们江南江北都是宜居的天堂。鸟儿谨遵日出而作日落而息的祖训,只关心气候交替,不理会子丑寅卯,一个个像早餐店的白案师傅,天刚放亮就叮咚不休。我的睡眠权被侵犯,要去市容局申诉，无非徒添笑耳，人家鸟儿撞毁飞机都是白撞呢。上班时，黑眼眶配红眼球，有同事关心，怎么又没睡好？我摇摇头，要说在鸟语花香里受折磨，岂不矫情？我工作了三十年才买下现在的居室，比起眨巴眼就择邻而居的孟母，很愧对这个鼓励一部分人先富起来的好时代。邻居是一种缘分，善则亲近，恶则疏远，即使是冤家，也可以老死不相往来地共享一片蓝天。当然，我也不一定是鸟儿的好邻居，譬如我半夜的灯光，喜庆的鞭炮，鸟儿会不会耿耿于怀？城市化将我们变成了邻居，我没有权力喝令鸟儿收敛言行，鸟儿也不能熄灭我困乏的灯光，我们心照不宣地忍受着，私底下都放不下城市化的慰藉。

鲤鱼山原来是县城的靠山，随着城市日新月异的扩张，已变成了城市的中心。在县城工作，家安在城里图的是生活方便，但不少买房人并非如此，或囤积居奇，或通过购房实现农民向市民的华丽转身，像那些只有春节回来几天的农民工，乡下的房子和城里的房子都是"铁将军"把门。国人购物就这样，无论大件小件，都爱跟风扎堆，房价被草率哄抬后，苦了我等工薪族，尽管掏空三十年的积蓄，也只能买个顶层套间，与鸟为邻算是找上门的。现在城市膨胀了，农村空心了，田地荒芜了，留守的鸟儿也犹豫了，与其抓虫子饥一顿饱一顿，不如去城市里朵颐残羹，难怪城市的鸟儿比乡村的密度更大。城市好啊，鸟儿们醉生梦死，脑满肠肥，哪天回乡省亲，俨然一副老板模样，那叫一个风光。

池鱼入渊，羁鸟归林，鲤鱼山是鸟的天堂，不是我的天堂。鸟类活动对我的影响仅在凌晨后那几小时，这也是人类活动的低谷，而在白天，它们的声音则被更大的嘈杂淹没了。

难以成寐，干脆立于窗前，借助朦胧的晨光窥视那片黛色。啾啾、叽叽、喳喳、嘎嘎、呖呖、割麦插禾、鸣得姑姑……林子能藏住鸟儿，却藏不住喧闹，从声音判断，应该不下几十种，诸如麻雀、八哥、斑鸠、野鸡、布谷、灰喜鹊、猫头鹰之类。我不能破译鸟语的密码，大抵像人类语言一样，一定有意义，一定杂糅了情人的蜜语、黄口的争食、碰面的问候、邻里的纷争、危急的呼救、

沮丧的哀怨、长短的议论、娱乐的嬉闹。仔细想想，还真挑不出刺儿，哪一样声音都有存在的必要。

"两个黄鹂鸣翠柳，一行白鹭上青天"，诗圣杜甫素描的绝美画面被传唱千年，但在凌晨，再婉转的啁啾，都不能愉悦我的审美。同样的鸟鸣，或为天籁佳音，或为厌烦聒噪，无非时空使然。鸟儿可以我行我素，不在乎我的情绪，因为我不拔它的羽毛，不端它的老巢，但我不能不在乎别人的情绪。在单位里，我负责监管工作，经常以管理者的身份督查指导，我还时不时以政协委员的名义参政议政，每次痛快淋漓之后，方觉口无遮拦、言辞过激，纵然懊悔不迭亦于事无补。我一次次暗示自己要改正缺点，忠言悦耳，适时适度，无奈一旦进入角色，老毛病又卷土重来。

语言是传递信息、表达情感的工具，一些人尝到了如饴蜜语的甜头，一些人吃够了祸从口出的苦头，舞动语言这把双刃剑，要点学问。做一个审时度势、能言善辩者，我想啊，但办不到。姑且为自己找点借口吧，芸芸众生要是世故得千人一面，隐忍得万马齐喑，这样的世界岂不寡淡无味？人以类聚，物以群分，与鸟为邻缘分啊。

黄湖赏荷

下仓埠，浩瀚黄湖边上的水码头，对峙鄱阳，毗邻九江，在水上交通占主导地位的古代，被遴选为皇仓置地不足为奇。只是随着桨橹的边缘化，那些深陷青石板的辙痕,早被泥土模糊了岁月的印记,曾经南来北往的繁华,也藏进耄耋老人的传说里猫冬。一帮文人墨客的到访,竟让淡定的古镇惊诧莫名——浩渺的湖水已将通衢旧地的矜持洗刷殆尽。那些翻晒荷叶的街坊在交头接耳,几分警觉,半脸问号。不知谁在笑答,我们去黄湖赏荷!

　　赏心悦目的景致,总在不同的时间节点上徜徉,譬如女人最美莫过于上轿之时,馒头最香莫过于出笼之际,赏荷的最佳时机当推盛夏。现在时令已至秋天,我耸耸鼻子,月饼的香甜虽在作坊里蠢蠢欲动,却不能让驶向湖心的舴船有所迟疑。船在荷与菱之间开路,受惊的水鸟翔集左右,船舷外的莲蓬唾手可得,偶有娇艳荷花在风中摇曳,如此悖论的生命呈现,每每叹为观止。相对于黄湖的辽阔,荷像偏安一隅的处士,"接天莲叶无穷碧"的磅礴,姑且给别人的诗词增色吧。船家说,水乡人在水里谋生,荷叶可以入药、可以制茶、可以打荷包,是市场上的抢手货,如果不是家家采荷叶,船都难开进来。其实,船家无须解释,哪怕在万物萧条的寒冬,只要南宋的周敦颐愿借一双慧眼,就能越过季节,越过世俗,洞悉驻守在荷骨子里的大美。

　　如果说水是荷的摇床,那么水底的淤泥就是荷的胎盘。荷不能对淤泥的质地挑三拣四,就像胎儿不能选择籍贯,不能选择父母,不能选择家庭背景,但不能选择生命的开始,不等于不能选择生命的高贵。藕芽的信念与生俱来,在泥之外,在水之上,神清气爽,阳光明媚,只有陶冶圣洁的情操,才敢在那里亮丽呈现。心存高洁,志存高远,是克服泥之污浊、水之艰深的精神支柱,所以无论是荷叶,还是莲苞,它们的枝干都心无旁骛,笔直向上。而根部莲藕更善于从污泥里转化营养,为冲出水面储备不竭能量。这倒像一位智者,枕边常备忠孝仁义的正面教材,固然可以风清气正,不时反思奸诈贪腐的反面教材,亦可化腐朽为神奇,舒经活络。

　　荷从水底抵达水面,是一次面临诸多考验的历程,草的牵绊,鱼的戏耍,蟹的啃食,使荷时刻处于高危状态,极可能因意志的松懈、信念的动摇、名利的诱惑而功败垂成。我相信,荷萌芽之始,一定沾染了淤泥的气息,一定捎带了淤泥的污浊,就像人之初,难免有贪吃贪占贪功的动物属性,但最后人

性从动物属性里突围了,奇功莫大于教化,而教化的最有效手段就是双管齐下的他律和自律。荷捎带的污泥,因浪濯而无遗,是谓他律。荷秆隆起小刺,使纠缠干扰因素难以靠近,为洁身自好筑就一道防护墙,是谓自律。国人自古推崇学而优则仕,无论是头悬梁之流,还是锥刺股之辈,他们的学习动机应该不容亵渎,即使博取功名、欣然赴任时,也一定高擎着为官一任、造福一方的使命感,也一定虔诚着一身正气、两袖清风的价值观,但为什么总有一些人晚节不保,没有持之以恒的濯泥之浪,没有刚正不阿的拒腐之刺,或许是误入歧途的致命缺陷吧。

听说仙人球可防电脑辐射,家人便买回盆景球,养着养着,好好的尤物竟蔫了,心想这类植物在环境恶劣的沙漠里都生机盎然,怎么消受不起温室的伺候? 扯起干瘪的球囊,发现根须全部烂掉,才意识到是水浇得频繁了。根乃万物之基,如果没有根的坚实,再华丽的表达都经不起时间的检验,再苦心的掩饰都要被真相无情地撕下画皮。时下新鲜莲子已上市了,荷叶还在葳蕤,荷花还在鲜艳,旗帜猎猎,久盛不衰,只因深入淤泥的藕根能洁身自好吧。荷的根茎叶花形状迥异,位置殊同,由于心节相通,质地相同,阳光下的荷叶与荷花大不必担心藕根腐败而香消玉殒、无地自容。人也有根,包括思想,包括信念,如果思想变质了,信念放弃了,叶子就会枯萎,花儿就要凋谢。唯有守住自己的根,说话才有底气,干事才有动力,威名才能持久。

南宋理学开山鼻祖周敦颐,曾于 1072 年在九江创办濂溪书院,设堂讲学,院内建有爱莲堂,堂前开凿"莲池"一方,早晚闲庭信步,捻须推敲,终成千古名篇《爱莲说》。莲因周而闻名,周因莲而明志,爱莲之人必敬周,敬周之人必对名篇过目成诵。穿过久远的时空,我隐约看见周老夫子正带学生六七,驾轻舟一二,畅游黄湖,饱览荷莲……

有兴盛就有衰落,古老码头上熙熙攘攘的脚步早已在历史烟尘里遁迹,这是尘世的势利,我无意责怪,而荷仍在黄湖忠实地坚守,莫非这也是上天对下仓埠的眷顾? 如果周敦颐地下有知,也许会劝勉忙碌的人们,不妨少斗一餐酒,少摸一圈牌,少逛一趟街,少吼一支歌,少钓一次鱼,去黄湖看一回荷。

在秋林

除了树木,还是树木。这是城郊保存相对原始的森林,那层林尽染的繁复,幽谷静谧的寂寥,重叠着秋林的萧瑟。林中的一切,像为我精心准备的,此时此刻,我必须选择进入。

这个下午,我讨厌汽车的鸣叫,讨厌越走越近的摩登女孩,讨厌说奉承话的那个人,我甚至讨厌我的座椅。但进入秋林,我不知道我会变成什么样子。我想,最好是一只孤独又独立的林中小鸟,然后选一个僻静的地方,为表达而表达,为倾诉而倾诉。我深信,这只远离尘嚣的小鸟,秋林的某个角落也应该有一只。

秋林没有道路,顺着干涸的山溪进入,春夏溪流冲刷的痕迹,五线谱一样流畅,我隐约听到另一个季节大珠小珠落玉盘的叮咚。地表上的茅草,很稀疏,像溪水一样落下去了,在这里攀爬,我感觉比在平坦的马路上徜徉要安全得多。

头顶之上是荫翳的树冠,树冠之上是被裁剪得七零八落的天空,一片摇曳而下的枫叶,吻过我的脸,然后在地上碰出一声叹息。果真是叹息吗?其实落叶的声音到底有什么情绪,我的感官并不真切。悲秋作为一种文化烙印,毫不例外地漂洗了我的每一个细胞,在巨大的惯性作用下,我不假思索地想起了"叹息"。生物学上,这是树们在这个季节做出的生理反应,就像人需要增减衣服,像候鸟南北迁徙,蛇蛙春冬苏眠。而对那些常青树来说,

虽然叶子依然绰约，依然婆娑，但它们的心灵也一定要体验时令的战栗，只不过隐忍了些，不那么夸张而已。一片被人文化的秋叶，承载了太多的沉重、太多的感伤。

秋林是松树的海洋，书本上见过食松子一说，只是这里的松子还没足以大到可供食用的颗粒，这样，松球也就无所谓果子了。相反，倒是那些为数不多的柿树更容易吸引我的视线。黄澄澄的野柿在叶间隐现，用力摇动树干，只有阔大的柿叶纷然而下。我强咽了唾液，感情上还是更愿意亲近柿树，尽管柿子、松球都是果子。那么，树会因人以利己原则去取舍去褒贬去武断地划分尊卑或欢欣或沮丧吗？也许，这对每一类树都是没有意义的。不同的树木收获了不同的果实，这就是胜利，谁也不能用一种胜利去抹杀另一种胜利，就像我以写出一篇满意的文章为快事，妻子以织就一件合身毛衣而自得一样，在追求成功的过程中，只有形式的区别，没有享受的区别，谁也不比谁更伟大，或者更卑微。

酣睡与死亡有时很相似，没有风的秋林就像处于酣睡状态，作为贸然闯入者，我感觉，有一种惊悚从脚下的窸窣和压抑的呼吸中渐渐升腾。找不着太阳，听不见虫鸟，我还敢继续深入吗？一棵树，倒伏着，它是在纯自然的环境里轰然倒下的，我不能不惊诧树也如此脆弱，像我1960年饿死的祖父。再抬头环顾，才发现那些相对矮小的树，虽然仍在站立着，却都成为一杆残骸。为什么遭此厄运的总是矮小的树呢？哦，阳光，雨露，更高的树冠挤占了这些生命赖以生存的要素。从枯树颓败的程度还可以看出，它们是在不同轮次的竞争中淘汰出局的。但我此刻不能不为那些正蓬勃着绿色的胜出者而悲哀，因为下一个轮回之后，说不定哀唱挽歌的就是它们了。从这个角度去理解一棵树，之所以向上，向上，再向上，不一定为了成就什么栋梁之材，也不一定为了浪得炫目的虚荣，活着，仅仅为了活着，是多么不易！

菊花在风霜中傲立，那是不倒的千年风骨，但我下到山旁时，迎接我的不是野菊，而是蛋白般细腻的茶花。两只土蜂在花间且歌且舞，小灯笼一样的茶籽裂开了分娩的口子，这是上一茬茶花的果实。现在茶花又开了，它还会结出果实吗？仿似的节令让茶花误入了歧途，我不能不怀疑那些曾经自以为是的选择，甚至怀疑定律一类的东西。而秋菊，冬梅，春天斗艳的群芳，谁更高洁，座次岂能臆断排定？道理很简单，开在春天里的花，固然不能在寒冷的天气里吐蕊，但反过来，菊花与梅花也不可能在温暖的环境里放香。鱼宜于水，鸟翔于空，活在适合自己的环境里，那是一种至境，更是一种必需，局外人怎么说也在乎不得。

在秋林，终究没能与那只孤独又独立的小鸟谋面，我也不可能成为那样一只小鸟，毕竟秋林不是我的家园，哪怕天天进入，我永远都是造访者。鱼，跃不出那潭水，鸟，飞不出那片空，我只能在世俗的圈子里打转。

五月,加速度

也不知道怎么就发力了，刚一眨眼，某个剧变过程已擦肩而过，横在面前的是陌生结果。五月的物事，都是铆足了劲的流矢，旗帜鲜明地张扬着冲锋陷阵的无畏。

仅仅一个晚上，牵牛花的蔓条爬过了若干夜晚的长度，暖风拂过，几只羞涩的花蕾就从墨绿的茂叶间探出了桃红的脑袋。五月的风，含蓄而沉稳，不动声色地摧枯拉朽。前几天还碧绿的麦田，挽着风的衣袂扭过几次秧歌，就一下子高贵起来，换上了金黄色的旗袍。那些高傲的麦穗，个个锋芒毕露，大大咧咧地"晒"出了处子的丰满。五月的麦黄风，是狂奔的动力源，被引

领奔跑的除了麦子，还有豆荚、油菜等一大批午收作物，这些接踵而至的喜悦，打破了闲庭信步的乡村秩序，也让不同质地的仓廪，此起彼伏地悠长着幸福的饱嗝。

鸣得姑姑，鸣得姑姑，斑鸠的凄美传说，敲开了五月的早晨。它们的呢喃，在这个季节格外招人耳目，之前或者之后，却隐士般消遁在广袤的田野。五月给了它什么？它要给五月什么？这是一个谜。窗台上，一只灰色斑鸠在专注地孵蛋，机警的脖子仿佛在揣度窥视者的良心。在五月，我看到的真相并非鸠占鹊巢，惊诧的目光有责任替蒙冤的斑鸠昭雪。那些与事实相悖的东西，一旦披上权威的装饰，巨大的惯性总让萌动的怀疑胎死腹中。"鸠占鹊巢"曾俘虏了我，也一定俘虏了我的父亲，以及我父亲的父亲。那么，附会在斑鸠躯体上的凄美传说，是不是也要打一个问号？莫非，"鸣得姑姑"原本就是情侣激情过后的半个哆嗦！这是五月，是一切皆有可能的五月，斑鸠在五月"闪婚"不可以吗？其实，并不仅仅是斑鸠，许多生命的张力，都因为五月而实现不可理喻的彰显。

雨是天穹的信使。五月的雨，已历练得干脆而剽悍，再不缠绵悱恻，再不为赋新词强说愁。叩在大地的胸脯上，可闻金属撞击的回声，扎进如镜的池塘里，就要惊起明灭的涟漪。每当闪电如银龙冲破天庭并倒腾得咚咚作响时，江河湖海都亮出了呼应的立场，那些蛰伏的扩张野心也在蠢蠢欲动。等到汨罗江的水位涨到屈原的高度，从睡梦中苏醒的龙舟已抖擞精神，卡着马表奔赴一场壮观的凭吊。忧国忧民的夫子，带着痛苦和绝望消失在五月的水中，但他做梦也没想到，五月的汨罗江，竟藏着一扇可以打开"永恒"的门。在比屈原更历史的青铜铸件上，考古人员发现了一组赛龙舟图案，那是用划板、鼓声、旌旗、吼叫、协作结构的图腾。自然的五月与人文的五月契合着共同的品格，再看到龙舟，已不只是看到了痛心疾首的屈原，还有另一个答案——早已破译了五月秘密的先人，在屈原之前，就在用赛龙舟的方式阐释天人合一的理念。

每年都有一个激情澎湃的五月，每个生命都有一个激情澎湃的五月。五月，加速度，那是不可辜负的赐予。

第三辑

人间真情

　　人这一辈子,匆匆来了,又匆匆走了,而望子成龙的情怀,宛如一支兴奋的接力棒,在生命里绵延。面对跑道上的瞬息交错,父母们总难以掩饰内心的波澜,一次次让扬眉吐气的憧憬在心底整装待发,鞭策着生命的坚韧与心机。

望子成龙

人这一辈子，匆匆来了，又匆匆走了，而望子成龙的情怀，宛如一支兴奋的接力棒，在生命里绵延。面对跑道上的瞬息交错，父母们总难以掩饰内心的波澜，一次次让扬眉吐气的憧憬在心底整装待发，鞭策着生命的坚韧与心机。

1990年冬天，儿子挣脱温暖的子宫，经历了陌生世界的第一场寒冷。与之相反，他嘹亮的啼哭，如一堆跳跃的篝火，抖擞了山坳里几间农舍的精气神。这种喜悦，不仅仅是香火的繁衍，更有一种使命的担当。其实，早在儿子还是胚胎之际，我就将家庭的命运寄望于他，诸如我未经过中考、高考的历练，未跨入高校、城市的门槛，这些耿耿于怀的未竟之愿，早被塞进了为儿子提前准备的行囊。

"知识改变命运"、"教育要从娃娃抓起"，乡村的老墙上，标语仍在斑驳着时代的印记。但这是为普及九年义务教育摇旗呐喊的，至于学前教育，即使现在的乡村，也是一个盲区。玩泥巴、过家家这些古老的游戏，仍在料理着幼稚的快乐，而散落在摇床边的石子、竹棒等"教具"，则担当了觊觎望子成龙、缩小城乡差距的使命。

记得儿子三岁时，可以从一数到十，但对数字的概念仅仅停留在数上，你伸出五指，不数就不知道是"5"。如此智商，岂堪重任？我忧心忡忡，又不甘梦想泡汤,啪,啪啪,几巴掌下去,小屁蛋上便留下一叠狼藉的掌印。儿子噙着泪水,像一只被数字困在笼中的小兔,惊恐地望着我,一张面目狰狞、怒不可遏的脸。痛在儿子屁股上,也疼在我心上,只是这并没有让他长记性,每当我傍晚回家,正在疯玩的他就像老鼠见了猫,在裤子上搓搓手上的泥土,乖乖地数指头,一遍,又一遍,直看得人顿生怜悯,甚至一把搂进怀里。

　　若干年后,偶然发现亲戚家小孩对倒背如流的课文,居然一个字都不认得,如同那些没有文字的民族,把史诗镶嵌在流淌的歌谣里,全凭口传心授。反省意识开始在我隐秘的内心潜滋暗长,毕竟三岁的孩子,不一定对数字有抽象的概念。被传统熏染的父亲们,大多缺乏检讨的自觉,我就没有勇气承认违背认知规律的过失,而那种披着爱的外衣的过失,在儿子幼小心灵间留下的阴影,一定不能轻易抹去。当然,造成这种阴影的,除了我的急功近利,还有行动迟缓的农村幼儿教育。

　　论及读书目的,庸俗者谓之升官发财,堂皇者谓之治国平天下,而注重培养孩子的领导力,已然成为将来平步青云的基本功。所以,进入小学阶段后,孩子能否弄个班干过过官瘾,总让家长们很纠结。人在屋檐下,不能不低头,毕竟班干任免权、座位调整权、问答优先权把持在人家手里。老师也是人,若不抢抓机遇找点被尊重的感觉,岂不辜负了那一亩三分地?于是,那些成人社会立竿见影的请客送礼,在儿童的成长道路上暗流涌动,羞羞答答地诠释着有钱能使鬼推磨的现实意义,至于祸兮福兮,尚不可盖棺定论。骨子里,我对这种做法很反感,既玷污了师表形象,更污染了无瑕童心,但为了儿子,挣扎之后还是说服自己,谁敢让孩子去充当捍卫教育净土的炮灰?

　　家长给老师送礼,如果都不甘落后,送了也是白送,因为水位上涨后,大家又升到了同一平面。当然,你要不送呢,就可能被做记号,这个损失绝对比礼品惨重得多。有人说,净土不净了,家长也有一定责任,就像房价,炒的人多了,想不上涨都难。

　　办公楼上,借住着一对照看小孙子的老年夫妇,暑假的一天,撞见老头背着书包牵着孙子下楼,一问才知道,幼儿园居然也办补习班了。我哑然失

笑,幼儿园补什么啊!

现在的课外班名目繁多,什么功课辅导班、奥数竞赛班、才艺特长班满地开花,虽说上面三令五申叫停有偿补习,但办班的老师们不可能坐以待毙,大不了把补习点从地上转入地下,至于费用嘛每小时50元至100元不等。连襟家小孩读初三,数学不好,在乡下有些名气的老师来他家办班,联系了周边七八个学生,而这样的班他在县城办了四个,每月进项不下万元。这还不算可恶的,最怕授课老师办补习班,课堂蜻蜓点水,补习班上融会贯通,家长敢不乖乖放血? 十来年间,儿子的假期有一半在那些补习班上耗着。

不要让孩子输在起跑线上,这是一句颇具煽动力的口号。作为梦想的寄托,父母们释放给子女的爱,高于爱情,高于孝道,让孩子在起跑线上的位置更靠前一点,跑道更平坦一点,装备更精良一点,并将一步领先而步步领先的优势,转化为成就感与荣誉感,客观上在为天价幼儿园、贵族学校、重点班级的教育等级模式推波助澜,而师资力量的"山头"现象,使教育均等化必将在很长一段时间内,成为社会努力奋斗的目标和街头巷尾的热门话题。

按说,人生几十年,每一个时间节点都是起跑线,每一段距离都处于竞技状态,或与对手,或与自我,或与时代,或与自然,但不管处于哪条跑道上,都不可能有绝对的公平。就拿一个孩子来说,父母门当户对的结合,身体遗传的优劣,家庭条件的贫富,社会背景的悬殊,学养家传的深浅,乃至母亲乳汁的丰歉,都是谬之毫厘失之千里的因素。龙生龙、凤生凤、老鼠生儿打地洞,虽偏激了些,但不能否定一些因果的伏笔。当然,这些差异并不能熄灭父母的望子成龙梦想,因为即使是老鼠,也有属于老鼠族群的起跑线,也有由老鼠而龙凤的可能性。如此看来,幼儿园的补习班能门庭若市就不奇怪了。

对许多家长来说,孩子的青春叛逆期潜伏着功亏一篑的风险。在知识和心智的武装下,孩子像一只羽翼渐丰的小鸟,有了朦胧的价值判断和人生主张,变得敏感而自尊,轻则我行我素,重则倒行逆施,小时候逆来顺受的棍棒教育已分崩离析。儿子初中时,英语跛腿,作业经常完成不了,某日,老师电话通知我过去,当着我的面,对低头不语的儿子一通臭批。看着儿子那副可怜相,我动了恻隐之心,说孩子基础差,在布置作业的数量和难度上,希望不要一把尺子量到底。她听出我在借因材施教护短,一脸诧异,大概是想不到天下还有这样的家长。一个跛腿的运动员不可能在竞技中先拔头筹,我憋了一肚子气,回家后就把大炮对准儿子一通狂轰滥炸。谁知病人还比郎中硬,他甩掉上衣,气呼呼从楼上冲下来,一副武力捍卫尊严的架势。儿子胳膊比我粗,要真被他打趴了,传出去岂不笑话?罢,老子让儿子不算丢人,赶紧偃旗息鼓装孙子吧。

中考结果出来了,儿子的英语不及格,好在总分刚刚过了普高线。同事说,去疏通一下关系,交上一万元择校费,就可以弄到重点高中去。重点高中汇聚了全县最好的师资,吸引了全县最好的生源,也笼络了全县最尊师重教的家长。其招录名额中,有一半是留给择校生的,而不菲的择校费又成为激励师资力量的支持,导致学校两极分化进一步加剧。但我没走这条路,不是怕花钱,而是觉得钱能买得到相差的分数,却买不到相差的成绩。鸭子跟着大雁飞,累也就算了,最怕被没有耐性的老师边缘化,熄灭了学习的自信,这样,与其做长人国的侏儒,还不如做侏儒国的旗手。

上普高并不一定耽误前途,而最耽误前途的是有着神奇魔力的网络。那个虚拟的世界,画面美轮美奂,配乐契合共鸣,古今在那里贯通,神魔在那里对抗,鼠标与键盘任凭发号施令,过五关斩六将的成就感比课业来得更轻松,而且输了也不要紧,按一下"回车"键就又可以冲锋陷阵了。更有甚者,无法抑制青春的躁动,偷偷跑去见完网友,就让你当上了爷爷奶奶,纵栏杆拍遍亦于事无补。

朋友家孩子成绩直线下滑,在网吧抓了现行,还与网管吵了一架,此后见孩子作息按部就班,以为痛改前非,夫妻俩偷着乐。忽一日,朋友拉肚子凌晨如厕,听到开门声,莫非梁上君子?赶快攥紧拖把要相机行事,才发现蹑手蹑脚的不是小偷,而是孩子。原来这家伙偷偷配了钥匙,待父母睡了,深更半夜溜出去上网,为掩人耳目,每每赶在父母起床前又溜回家睡觉。

儿子成绩在班上处于中游，只要不节外生枝，弄个"二本"应该有一拼。然而，他并没有走我们设计的路线图，课堂上打瞌睡时，老师揪了一下耳朵，居然捅了马蜂窝。我暗地里提着烟酒向老师道了歉，老师提醒我注意一下动向，看样子像是迷上了网络。那时，我不懂什么 QQ，小姨子说她有办法，辗转弄到儿子 QQ 号，加上好友，一旦网上现身，便将情报电话告知。多少次，我们拿着手电，披着雨衣，忍着心痛，如同热锅上的蚂蚁，找遍全城的角落。上学放学，像特务一样盯梢儿子；中午，守着挂钟看着他午睡；夜半，轻轻推开房门看人在不在。从白天到黑夜，我们的魂都被他绑架了。那次，儿子提出一个要求，说让他每周六下午上一次网，水可疏不可堵，签字画押吧。但三年下来，高考结果给了我们一记响亮耳光，别说一本，别说二本，别说三本，居然连一专线都未达到。

高考，这个貌似公平的独木桥，总在炎热的夏天，给我们这样的家长浇上一瓢冰镇的冷水。其实，我对一直横行江湖的唯文凭论持有保留意见，80 年代是中专生顶大学生的岗，现在是大学生干中专生的活，大学文凭像人民币一样贬值了。但作为势单力薄的个体，如果明知独立特行会遭遇难堪的下场，最明智的选择是，随波逐流臣服于主流规则。

儿子让我心灰意冷，每赴亲朋同事家孩子升学宴，故意脚步迟缓一点，筷子疲劳一点，交流愚钝一点。儿子心里也不好受，整天躲在房内，少言寡语，唉声叹气，即使当了我们的出气筒，也自知理屈不与争辩。我翻开《高考志愿指南》，二专都是些提不上手的破学校，而儿子羞涩的分数只能在里面打转转。他说，让他复读一年吧。复读是现实中的"回车键"，既加剧了选拔竞争的恶性循环，也是一次重整旗鼓的机会。但我没同意复读，因为即使复读能涨 100 分，也达不到三本线，届时还是要上专科。但妻子站在了儿子一边，撇开我，去学校交了复读费。

2009 年夏天，儿子再次参加高考。最后一堂是外语，送考时我问他有多大把握，他也不遮不掩，说题目容易可考九十分，难点就六十分。我的小祖宗，这可是一百五十分的试卷啊！因怕影响他的情绪，我强压着心中的怒火，不做评价，再说若天遂人愿，达三本线还有希望。待考试完毕，我急切地钻进人堆里找人，或者说找一个答案，可是沮丧的儿子让我残存的幻想破灭了。他在摩托车后座上一声不吭，我却再也抑制不住，从多角度力陈他的罪状。痛快淋漓之后，他幽幽地说，其实这一年真用功了。我在驾车，看不到他的表情，但他的语气里，流露出复杂的情绪，疲惫、委屈、不甘，还有愧疚，如果猛一回头，一定可以撞上游离的泪光。

高考后第三天，学校通知拿标准答案估分，儿子没去，估计是无望，也是无颜。我几个夜晚都睡不好，最后还是说服自己，认命吧。儿子的人生才刚刚开始，上不了好学府，何不主动走进社会大学堂？通过老领导和朋友的关心，儿子去了县电视台，帮记者扛摄像机——新闻是了解社会的便捷切入口。

六月二十四日可以网上查询高考结果，中午儿子将准考证、身份证号码输入查询系统，突然像范进中举般惊叫起来，考起来了，考起来了！当时我在午睡，听到他的惊叫，也顾不上穿鞋，反复说会不会是同名同姓啊，再查几遍看看。儿子总分五百四十三分，其中英语八十九分，而此前我省公布的理科二本线是五百二十分。这个下午的喜悦，无疑与儿子出生时可以媲美，或许这也是儿子的另一种新生。街头巷尾鞭炮声此起彼伏，那是家长在庆贺，学校在造势。各校绞尽脑汁竞相亮出自己的"第一"，而儿子也被他们学校单独红榜了，因为一百七十二分的增幅当属复读生的增分"状元"。

考试是孩子的事，志愿是家长的事，那些考得好的不如录得巧的，甚至"撞车"后打入死档的，家长难辞其咎。因为分数出来后，飘飘然的孩子忙于相互庆贺，疯玩到填志愿的时候，才记得还有一本《高考志愿指南》。儿子高考成绩侥幸过关了，要是在志愿上翻了船，岂不肠子悔青？我找来前两年的《高考志愿指南》，通宵达旦地研阅，即使标点符号都不敢放过。大凡有意向的学校，近三年的投档线全部抄录下来，综合大小年、是否首次招生、招录人数、投档比例等因素加以权衡，并通过校方网站了解学校情况，搜索关键词兼听社会评价，遵照闯、稳、保的基本规则，对平行志愿排序一次次否

定,一次次重建,总结出一套规避"撞车"风险的秘籍。天道酬勤,儿子被河北一所大学录取,而且他的分数线就是我省对该校的最低投档线,绝对没有吃亏。

送儿子去大学,在校门口别离时妻子率先哽咽起来。一晃十八年啊,儿子总在身边打转,快乐我们共同分享,忧愁我们想法化解,即使有什么不好的苗头,我们也好第一时间监管,不至于积重难返。现在求学于千里之外,冷暖饥饱、人情世故、善恶美丑,都要独立处置,怎叫人放心得下?慈母手中线,游子身上衣,儿子那边的天气、治安、环境等都成为我们不可释怀的牵挂。而且,每在报刊上看到可做教材的文字,就收藏起来,分类叠在儿子安静的书桌上,一叠是寒门学子、奋发图强、名人逸事、人间大爱等励志故事,另一叠是传销狼窝、交友不慎、冲动酿祸、"同志"染病等前车之鉴。即使每月汇生活费也颇费踌躇,少给吧怕苦了孩子,多给吧又怕财多累身,因为花钱的过程极可能是分散精力、惹是生非的过程。唉,儿子不在身边,更累啊。

在许多人看来,大学就是知识的圣殿,但如同所有殿堂一样,里面不乏打杂陪侍的,甚至游手好闲的,即使混了一沓文凭,也是金玉其外、败絮其中。然而假期儿子回来,潦草翻了翻我为他准备的两叠精神食粮后,就清理进了垃圾桶,转身沉迷于网络之中。玩物者丧志,他的行为令我非常光火,现在单位用人逢进必考,肚子里没点真货,手心里没几把刷子,毕业之日就是失业之时。但儿子对我的苦口婆心不屑一顾,还挖苦像他爷爷一样爱唠叨。唠叨是走向衰老的标志,想想儿子手机上都储了"老婆"的号码,又不免戚戚然,不服老还真不行。也许是想躲避我的唠叨,儿子找了家摩托商行打短工,老板说才干一个月,给八百元吧。但一个月结账时,老怕反悔了,不是给八百元,而是一千二百元,并专宴饯行,嘱咐下次放假再来。儿子揣着人生的第一份薪水,去商场转了一圈,大半花在了我们身上。

有人说,80后、90后,没有理想、没有责任担当,将不堪民族重任,也许这是杞人忧天,要说出了问题,是隔着代沟的眼睛。让孩子经历一些挫折,经历一些伤痛,同样是成长不可或缺的营养。尽管他们的今天不一定是我们的昨天,我们的今天也不一定是他们的明天,但新生代永远是家国的未来,承前启后,薪火相传,不管你愿不愿意,担子都要交下去。

从小到大,儿子一直没怎么出类拔萃过,却一次次涉险过关,至于将来有多大出息也只能顺其自然。世间本无龙,望子成龙属于形而上的追求,人类社会更多的是凡俗之辈,平平安安,忙忙碌碌,有一分光,发一分热,谁说这不是"成龙"呢?

握别父亲

在岁月里行走,也记不清与多少人握过多少次手了,但有一次是永志不忘的,那就是握别父亲。

这是我与父亲的第一次握手,也是最后一次握手,只是这一切的一切,父亲再也不可能知道了。父亲走了,如同一片凋零的秋叶,在一阵不经意的风雨之中,宿命地飘落进了另一个陌生的凄凉世界。其实,此刻我握住父亲,就是拽一片萧然而下的秋叶,已不可能把它重新铆接在秋枝上了。

那是前年夏天,阳光从老家的瓦缝里钻进来,金币一样铺满父亲的身体,然而,在这无时无刻都不可以藐视金钱的世界,任凭再多的金币也无力解开系在父亲六十九岁上的死结了。父亲静静地躺在门板上,像歇工回来的老农,进入了甜美的酣睡。但父亲真的走了,从田间丢下犁耙赶来的叔叔

们正在为他净身更衣，我们几兄弟聚在父亲头前，噙着泪水点燃了倒头纸，一沓，又一沓……满屋子人，没有谁说一句话，好像所有送"老"的程式皆深谙于心，不需要询问，也不需要支配。树长万丈、叶落归根，能躺在熟稔的家乡怀里老去，在乡亲眼里是一种不浅的福分。事后，送别了不少老人的再基叔就数次这样说过，幸亏听了他的话，昨天转回了老家，要不然就"老"在外面了。到底"老"在老家，还是"老"在我外面的新家，我丝毫不能权衡哪种更好，但"子欲孝而亲不待"，汹涌在历史长河中的遗恨陡然横亘在眼前时，我禁不住抓住了父亲的手。

我没有父亲了！

有生必有死，我知道父亲终究是要走的，如同太阳终究要西坠一样，但我没想到父亲会走得这般匆忙。就在前两天，我还请人给他理了发，还去买了一台价值千元的吸痰机，尽管当时父亲是不得不遵医嘱从合肥医院转回我家保守疗养，而且不能进食，不能言语，大便不通十多天，但我以为科技的力量能助其挺过生命的岚瘴，就像雨停了，太阳总会从阴霾里挣扎出来。况且书上说了，帕金森综合征并非不治，奇迹也是有的，而这种奇迹当然会与与人为善的父亲交臂以慰。然而，当吸痰机组装成功，并用我的喉咙做实验掌握好操作方法后，父亲仅用了两天，便走了。后来听人说，毛泽东、邓小平晚年患的就是这种病，才知道的确没救。

父亲退休前是个默默无闻的乡村教师。小时候读过几年私塾，因二十来岁去交公粮，进了一回城，回来便决意又去读书，尔后拿起了教鞭，也做过几年中学校长，只是一拨一拨的政治运动，让他变得谨小慎微不说，还因此赢得了"好人"这一暧昧口碑。说白了，"好人"就是无用的代名词，我小时候很为他这"好人"而备觉窝囊。当然，父亲并非书呆子，家事国事天下事都挂在心上，当年苏共总书记戈尔巴乔夫要放权，他叹息说，苏联快完了。有一段时间，国内鼓吹超前高消费，他气得直骂瞎指挥。后来的事实证明，父亲的眼光并不比政治家、经济家逊色多少。

如果说父亲这一生有什么值得扬眉吐气的话，一定是让我们几兄弟吃上了"皇粮",并培养出了村里第一个硕士,这在 80 年代初,的确是了不得的功德。但为了供我们上学,犁田、锄地、挑粪、割麦,这些农活父亲一样没少干。父亲是教书的,做庄稼是门外汉,在我家地头歇午的老农们没少笑话他,虽说秋天收成总比人家少,可父亲为此付出的汗水却比谁都多。不过,父亲握笔的手也有风光的时候,哪家碰上写契约、对联什么的,都会想起他。现在,父亲走了,他的笔也走了。

记得父亲在合肥住院时,还能断断续续吐三两个字的短语,其中交代了亲邻借款账目,东家多少,西家多少,林林总总不下千元。父亲叮嘱我们,这些钱借了就借了,不要找人家还。父亲紧日子过惯了,借钱是有原则的,不是借方卡了脖子他是不会借的,但要真是用在节骨眼上,像孩子交学费,购买化肥农药之类,即便明知有借难还,他也借。千把块钱,在今天不算什么,但对生活节俭的父亲来说,这可抵得上两年的生活费。父亲一生无烟酒嗜好,衣着俭朴,不尚虚荣,就是有个感冒拉肚子也舍不得看医生,多找些土方子对付,为此,村里不少人把他的吝啬传为笑柄。其实,父亲吝啬的只是他自己啊。

握别父亲,滚烫的泪水打落在我颤抖的手上,也打落在父亲枯黄的手上。然而,正是这双已不能感知泪水温度的手,给了我家庭的温暖,给了我读书的机会,给了我安身生命的基石。老家的人忌讳"死"字,人死了就说是走了,或者老了。是啊,父亲老了,像一台超负荷的透支机器,所有的机件在瞬间戛然而止。但是,在父亲灯油耗尽之际,我能给他什么呢?续一滴油抑或续一钵油都没意义了。我没有任何智慧去救赎他徒有其形的躯体,也没有任何馈品让他捎带上路,我在为失去父亲而悲痛的同时,也为我的束手无策而愧疚不已。在死神的魔爪之下,人类渺小得如一群疲于奔命的蚂蚁,父亲也是其中的一只。

父亲是个爱唠叨的人,不单是老了,年轻时亦如此,这也许与他身为人师、唯恐误人子弟的职业品格大有关联,就是后来退休了,那种事求尽美的挑剔眼光并未随身而退。因为唠叨,平时我也没少顶撞他,但不管你怎么顶

撞，他今天没叨完的明天一定要接着叨出来。父亲从合肥回来后，在一天天恶化的病情中，最最折磨他的定然是丧失表达倾诉能力的痛苦了。人是感情动物，行将就木的他一定有太多难以割舍的牵挂，一定要向亲人、向乡友乃至"文革"时期贴他大字报的"冤家"交代点什么、祝福点什么，但最爱唠叨的他在最想说话的时候却被剥夺了说话的权利，他应该是憋了一肚子话上路的。阎罗像克格勃的冷面杀手，给了父亲另一种致命一击。但愿父亲到那边能找到一位投缘的乡魂，把憋在肚里的话全吐了。

在父亲弥留之际，许多亲朋乡邻都来看望他，只是可怜的父亲已无法接受和感谢这些可贵的人情，他除了抽搐的手脚还可以向他眷恋的世界显示微弱生命的存在之外，已不能再表达哪怕是悲戚的情绪。一次，给父亲换完尿湿的内衣，我和他都累得满头大汗，一想到曾经利索干练的父亲成了这个样子，悲从心来，并扭头跑了出去。跟过来的母亲说："别哭了，人老了总是要死的……"然而母亲此言甫一出口，也哭了。

握住父亲的手，沉寂多年的儿时往事纷纷在脑海中生动起来，哪怕是那些不屑一提的细节也历历在目。放牛时，父亲掐一根柴棒给我掏耳朵；进城时，父亲用一毛钱给我买几个香喷喷的馒头；入蒙不听话时，父亲拿跳绳抽得我青一块，紫一块；还有我十四岁刚参加工作时，父亲躲在窗外偷听我讲课的猥琐身影……现在，父亲走了，可镌刻于我生命旅程的往事会走吗？曾经的宠也好，骂也好，点点滴滴，丝丝缕缕，无不是那不便言说的深深父爱啊。

握别父亲已两年了，但在一些特殊或平常的日子里，父亲的音容宛在眼前。我知道，握别父亲是某个时刻的痛苦，而永远不可能握别的是汩汩流淌的血脉亲情，这是时间左右不了的。

父亲在我心中永生！

不灭之灯

壹

　　母亲在絮叨，少打牌，少喝酒，少写文章。我照例不置可否，她的絮叨已麻木了我的听觉，抑或耳道里长出了厚厚的茧子。睁开眼，一团漆黑，找不到刚才还在絮叨的母亲。其实，即使月华如昼，或者按亮电灯，我都再也找不到絮叨的母亲。我们之间，已被一堵无形之墙隔开，那些真切的场景，只能海市蜃楼般在梦幻中再现。

　　前不久，县人大办一位副主任辗转找到我，说他岳母刚去世，不日就要举行追悼会，但悼词还没有着落。我平时喜欢弄些无关痛痒的文字，大小也算个文人，但在应用文方面基本是门外汉，也许人家以为文人就像砖瓦机，你只要把泥巴喂进去，要砖有砖，要瓦有瓦。更头痛的是，对于老人的情况，他仅能提供一张泛黄的工作履历表，至于枝叶细节居然灯下黑——女婿毕竟不是女儿啊。古人云，巧妇难为无米之炊，现在人家的请托不便推却，即使没泥巴，也要制砖瓦。约好取稿的这天，副主任早早来到我办公室，其时悼词尚在扫尾阶段，我故意用力敲击键盘，以掩饰不能自已的情感，但充血的眼睛、横流的鼻涕，还是很不争气地暴露了内心的汹涌。事后，副主任发来短信，说家人都认为对老人的一生概括得很到位、很全面，要以烟酒作谢。

看样子,他并不知道这篇悼词处女作,其原型取材于我的母亲,而我之所以敢师法小说技巧,是因为认定那个时代的母亲们,都经历了类似的疼痛,都释放了类似的母爱。

贰

母亲出生于抗战前夕,外公在皖鄂交界的陈汉沟集镇上卖肉营生,一家省吃俭用,置了点田地,哪料解放后,却因此被戴上地主帽子。在划定家庭成分前,隔壁陈家教书的小伙子,把情窦初开的玫瑰悉数捧上,让刚刚步入大姑娘队列的母亲,还没体验一家养女百家求的矜持,就被看似门当户对的姐弟恋所俘虏。但后来两家都成了地主,加上高峡出平湖的钓鱼台水利工程,依傍在溪流边的古集镇淹没于水乡泽国,商户们只能弃小家顾大家,哭哭啼啼移民异地。陈家人搬回了深山老家,像哥伦布的航船,转了一圈又回到原点,而母亲也只能嫁鸡随鸡,嫁狗随狗,由商女变身农妇。

背着地主分子的屈辱,必须比别人付出更多汗水,才能体现社会主义思想改造的诚意。母亲咬牙学干农活,蚊虫叮、土蜂蜇、蚂蟥咬都没吓退她,但在梅雨季节淋湿几次后,就被放倒了。面黄肌瘦,浑身乏力,茶饭不思,郎中说她是患了肝炎。在医技落后的深山,肝炎无异于阎王的狗腿子,其传染性更像瘟疫一样可怖。而那位教书先生,秉承着先祖陈世美的衣钵,早把山盟海誓抛之云霄,根本不顾什么夫妻扶助义务,偷偷将一位学生发展成"小三"后,一转身就把病中的糟糠之妻给踹了。

母亲像一粒失群的浮萍,在刚刚迁居异地的外婆家门外徘徊着,这毕竟不是小回门,灌铅的脚步里,左脚是无助,右脚是无颜。俗话说,嫁出门的女,泼出门的水,被休的女儿自古就不被娘家所待见。外婆颠着三寸金莲,一把眼泪一把鼻涕求媒婆说合,只要有男人愿意收留,哪怕是猫是狗都行。对于母亲来说,已经输掉了选择权,而那些鳏夫的担忧是,前天娶了老婆后天就要赔一副棺材,除非睁眼瞎,谁愿当这个冤大头啊!

冤大头还真有。那时,父亲死了老婆,即使被人家抱养去了几个月大的男婴,家里还剩大小三条"光棍",另两条小"光棍"分别是我十三岁的叔叔和六岁的大哥。檐下没有女人,那还叫什么家?父亲想,只要有女人愿进门,哪怕是猫是狗都行!母亲进了我们吴家,才知道摆在她面前的是个支离破碎的烂摊子,但烂摊子也是摊子,总比没摊子强。同病相怜,患难共度,为给母亲治病,父亲四处奔波,终于打听到一位善治肝炎的老中医,待几背篓草药熬完,母亲的生命开始由黄转绿,并成为整个家庭命运的重要拐点。

叁

那时,父亲在村小教书,工资很少,但论性质也算吃皇粮,并因此有了阶级的隔膜,即使寒暑假期,队上都不让父亲挣工分。工分是分配粮食的依据,一大家子的口粮都压在母亲身上,出工时她要像男人一样上山下田、挑渠修河,收工后又要马不停蹄地浆洗缝补、槽前灶下,整天忙得像只停不下来的陀螺。某个夏日中午,筋疲力尽的母亲收工回来,咕咚咕咚喝完一碗粗叶茶,就瘫坐在门槛上,有气无力地哄我帮她挠痱子。汗湿透了母亲的衣衫,我把她的上衣翻到肩上,露出一片通红的肌肤,这哪是肌肤啊,简直是痱子恣肆的王国,而那些隆起的黑头脓疖,更像一个个养尊处优的寨头王。挠着挠着,母亲打起了瞌睡,我做了个鬼脸,故意用力抠脓疖,母亲哆嗦了一下,痛醒了,才猛地记起什么,忙起身抓一把糙米,剁两只山芋,塞几块柴火,一边喂猪晾衣,一边支我牵牛去塘口喝水。在老樟树下拴好牛,母亲已盛好了粥,我用筷子一刨,沉入碗底的半块山芋翻上来,山芋吃多了返胃酸,我当然想换一下,但揪揪另一碗,居然全是山芋。我噘着嘴,很后悔给母亲挠痱子。母亲说,大哥二哥读书缺营养,学校食堂又不收山芋,都吃大米哪有那么多。

队里论工分,男女并不同工同酬,譬如,男人干一天记一个二分工,女人干一天记八分工。母亲不服啊,不是说新社会男女平等吗,凭什么男人两天所得就抵女人三天呢?但这样的情绪母亲从来没有表露过,她知道一个女

人的话语力量太有限了,并默默地用更多的付出去弥补不公正的游戏规则。母亲领养了队上一头没有尾巴的老黄牛,一年下来能多挣七十个工分,还净赚可做柴火的牛粪。但母亲的种种努力,并不能挣够全家所需的工分,到了年尾,队上的会计用算盘一扒拉,工分折算成了欠款,而父亲所剩无几的工资对这些欠款也力不从心。危难时刻,总是母亲起早贪黑喂养的猪们舍生取义。

七月流火,早稻金黄。会计说,欠款户家的猪不动刀,这镰就不开了。在割资本主义尾巴的年代,农民除了成天在田地边打滚混工分,没有其他找钱的路子。母亲很理解别人的心情,只是栅栏里的猪正长膘,现在宰了太可惜,况且天气炎热,肠子之类的下水隔天就臭。但是,人家把话放出来了,后面还跟着几个起哄的,母亲噙着泪水在猪背上抚摩着,一遍,又一遍,然后就听到尖锐的号叫,惊得全屋场的猪们哼哼唧唧,以示声援抗议。晚上,母亲把洗净的猪心肺、肠子之类一锅煮了,再按亲疏远近,一碗半碗地分送。也许天无绝人之路,那时我家的槽口特别好,在别人家像铁树一样只吃不长的猪崽,到了我家都分外给力。记得父亲贪便宜,从教书的龙王庙背回一头小老猪,这猪在那家喂了三年,才七十多斤,主人进出都要踹上一脚,有时还龇牙补一句,讨债的孽畜! 但这"孽畜"来我家后,母亲用宝塔糖打下几十条蛔虫,但见食量渐增,不到一年就肥得眼睛眯缝,至今老屠户还津津乐道。

肆

农民从事的是高消耗体力活,见到荤腥谁都两眼放光,根本不担心什么"三高"。队里每逢午收、夏收、秋收时节,都要聚餐犒劳,既可让疲惫的社员们兴奋一下,更是对亏空身体的补给,而队屋的大灶台也只在这个时候动炊。久违的油腻从瓦缝里漫出,敏感着乡村的嗅觉,狗和孩子们早在灶台边垂涎欲滴。掌厨的男人有点不耐烦,用力踢了狗一脚,恶狠狠地骂道,都给我滚出去,狗就汪汪着夹着尾巴往外躲。

见官莫上前,吃饭莫落后,西天的太阳还没打烊,社员们便收工了。屋内并排的八仙桌上,大钵小钵摆着油汪汪、香喷喷的猪肉,我哭喊着要占位子,却一次次被母亲提小鸡般轰出去。不知哪个缺德家伙,干脆把门闩了,任我们几个好吃鬼在门外哭闹。把脸贴在门上,眼睛像馋猫一样从门缝里钻进去,但见一张张丑陋的嘴巴在汽灯下灵动地油亮着,别人夹一块肉到嘴里,母亲就夹一块到搪瓷碗里,然后放下筷子干等。我停止了哭闹,一俟打着饱嗝的社员开门,就冲进去一把抢过母亲的搪瓷碗,还热着呢。

母亲对大哥视如己出,鼓励他读完高中,再读师范,最后成为一名国家干部,在那个缺衣少食的年代,别说是后娘,就是亲妈,村子里也找不出这样为子女谋出路的。记得恢复高考后,大哥屡试不中,母亲安慰他说,久读无蛮子,今年不中还有明年,明年不中还有后年,不着急。土地承包责任制在凤阳偷偷破冰后,我们安徽率先推广,分到责任田的农家,慵懒的筋骨被迅速激活,纷纷汇聚全家之力浇灌属于自己的粮仓。某天,母亲顶着烈日在责任田里薅草,二哥上山放牛去了,家中无人,这可是偷嘴的好机会,我猴急地爬上阁楼,刚要掀蚕豆罐,猛然发现大哥在阁楼上看书。原来,母亲怕我干扰大哥复习功课,不知什么时候在阁楼上隔出了一方空间。几十年间,母亲省下每一粒粮,省下每一分钱,用羸弱的肩膀,承担着生活的苦难,最终把我们三兄弟相继送出农门。我们是母亲满意的作品,并被村人引以为豪。

2002年父亲去世后,母亲也搬出了老家,因两兄长远在合肥,人地生疏,方言障碍,她更愿意在我家居住。母亲偷偷学会了高压锅、电饭煲、液化气等新式厨器使用方法,而且只要是能干的家务活,就不让别人沾手,仿佛只有那样,才能证明她还不至于吃白饭。家里有时弄点荤的腥的,婆媳俩你推我让,最后反而成了剩菜,乐得邻家的老猫从废油烟孔里忙进忙出。人老了,都有爱唠叨的毛病,但母亲的唠叨只针对我,至于儿媳则很节制,而且多用"比兴"手法,以致多年婆媳成姐妹。

伍

前年冬天,母亲早起生炉子,不小心滑倒,右手腕粉碎性骨折,左腿股骨头破裂。术前检查,晴天霹雳,她的肺叶上有一鸡蛋大阴影,血液速送合肥化验,基本确诊为肺癌。对于癌症,谁都谈之色变,肺癌更胜一筹。在社科院工作的二哥,拿着片子和化验报告在合肥几家医院挂完门诊后,专家们说,年龄这么大,开胸、放疗、化疗都不合适,建议保守治疗。说实话,我很不赞成保守治疗,因为那基本上是被动等死,无奈骨伤乃当务之急,也只能相机行事。同时,心存侥幸,毕竟中国的误诊率高达百分之五十。

好人好报,这是宗教追求,不是自然规律,尽管中国的误诊率那么高,还是没对母亲法外开恩。一月后,医生说,癌细胞已扩散到脑部。一开始,来探望的亲朋好友,母亲都认得,尽管口齿不清,还不忘与亲友问长问短,但四十多天后就不认人了。时妻子也因重病在几家大医院辗转,便嘱咐岳母及暑假回家的儿子服侍奶奶,没想我们刚在武警医院住下四天,就接到儿子电话,说奶奶病危,所幸妻子手术还未做,一边带病出院往回赶,一边通知当年被抱养的哥哥去医院接母亲。是夜九点四十分,老家草木同悲、哭声恸地,母亲走了,连同她的絮叨。

陆

夜半思亲,泪眼婆娑。

老吾所老与幼吾所幼,虽不矛盾,但不对等,就像人的生与死,尽管都是哭哭啼啼,氛围却迥然有异。小时候,我突发急病,母亲抱着我,翻山越岭一口气跑到十几里远的西源公社卫生院,医生说再晚一点就没救了。现在母亲老了,而且病情交错,最需要合理救治时,我们对她致命的恶疾采取"保守治疗",这对她是不是过于草率?还有什么资格说尽了孝道?即使去年妻子住院七次,病危通知下了六次,都不是换取宽恕的理由。

在电视上见识了一个无解的命题,恋爱中的女孩问男孩,如果我与你妈同时落水,你先救谁?男孩哑然无解。之所以无解,是因为建立在假设之上,无关痛痒,而一旦在现实中遭遇,哪怕是搭乘公交,就有了先后分野。平心而论,在母亲与妻子之间,我的精力与情感更迁就了那个女孩的情绪。

生命如灯,油干灯灭。母亲的生命之灯已然熄灭,但精神之灯将永远在我骨髓里耀眼。像母亲一样活着,坚韧地、善良地、乐观地,这应是对母亲在天之灵的最好告慰吧。

第四辑

生活小品

　　小草很卑微，卑微者却以野火烧不尽的旺盛生命力最大范围地占据着地表，佑护着"大树"赖以生存的水土。在卑微中达到生生不息的永恒，谁能说这不是一种伟大！

　　若做不了大树，那就踏踏实实做一株小草吧。

做一株小草吧

是做傲立苍穹的参天大树,还是做挤挤挨挨的柔骨小草?相信人们大都会选择前者。但成就一棵大树并非易事,除了种子、遗传等先天因素,还有气候、环境等后天制约,要不大地上的小草怎么比大树多得多呢!做小草是退而求其次的无奈,然而小草的旺盛生命力和不屈不挠的向上精神,还是帮它在这个物竞天择、适者生存的星球上赢得了一席之地。

在山野,我看见一棵耸入云霄的古枫遭到雷击后的狼藉——数百年苦心经营的绿色大厦毁于一旦——但它底下的小草们依然在快乐摇曳。芳草年年绿,谁又能断定小草经历的风雨就一定比古枫少?这样一想,能做一株小草也是知足的。

去年,在素有古南岳之称的天柱山参加市报通讯员会,主讲新闻摄影的吴有为老师,拿出一沓他在北京闯荡时拍摄的图片做赏析。当他举起一张图片,讲解如何科学选择拍摄角度时,我的心灵被那定格的画面咯噔了一下,仿佛谁捏了一下软肋。图片上描述的是某领导视察时记者抢拍镜头的场面,或蹲,或跪,更有一位老兄居然躺在地上拍。老师说,跪拍或卧拍的效果更能凸显领导的伟岸形象。我当然不是顺着他的思路去解读这张图片,我看到的是尊卑浓缩成的强烈反差——生活的压力、工作的压力是如此残酷地把人的膝盖压弯了,把人的腰椎压折了。我感觉眼内有热乎乎的东西在打漩。后来,再同一位摄影朋友谈及此事,他却不以为然地说,这叫摄影艺术,同人格尊严挂不上边。在他看来,如果把那位领导比作大树,以新闻图片体现自身价值追求的记者则是大树底下的小草,而"小草"拍摄到一张好图片的幸福感与成就感,并不比"大树"把一个地方治理得政通人和逊色。

有篇叫《小草》的文章,讲的是一株小草绕过压在头顶上的巨石,最终让生命洋溢起青春的绿色。文以载道,作者的用意不言而喻。小草似能屈能伸的大丈夫,这是一种智慧,更是一种境界。一株小草如果想撼动一块巨石那叫自不量力,不过,既然小草的目的本来就不是为了撼动巨石,它为什么不可以另辟蹊径、曲线救国,去抵达胜利的彼岸?

宁折不弯的楚霸王,虽在乌江边矗立起一座"鬼雄"的牌坊,但与他葬送的江山比,的确愧对了江东父老,愧对了跟随他出生入死的患难兄弟。当百感交集的他挥剑自刎之后,壮烈的热血融入了呜咽的江水,而东山再起的机会也在江水中打了水漂,倒让小瘪三出身的刘邦捡了个大便宜。如果他有一点小草的胸怀,也许司马迁的笔下会幻化出另一番风云。与之相反,公元前 99 年,47 岁的司马迁因替战败被俘的李陵将军说了几句公道话,惹得汉武帝龙颜大怒,并要处以极刑。为了不让《史记》胎死腹中,泪流满面的他只好忍辱偷生、自请宫刑,最终完成了这部"史家之绝唱,无韵之离骚"的皇皇巨制。到今天,司马迁的形象并未因被阉割而受损,但他当初如果没有小草般的隐忍与坚韧,历史长河中就没有弥足珍贵的《史记》,更没有名传青史的他。

某年文友集会,不知怎么就扯到骨气上去了,然后就扯出了陶潜,扯出了"不为五斗米折腰"。有位仁兄问道,如果当时彭泽宰的俸禄比五斗米优厚得多,如果他辞官归田后极可能沦为路边冻死骨,他还会不会不折腰? 这个问题很新鲜,弄得群儒哑然失言。他继续说,我的怀疑并非对以清高存名的彭泽宰进行恶意指摘,毕竟生存是最大的人权,要不到今天怎么还没出现几个紧步后尘的陶氏第二、第三? 文友的歪论虽有悖主流价值之嫌,但生存

是最大的人权的确不容置疑。人在屋檐下,不能不低头,审时度势的壁虎遇到危险尚且会断尾自救,我们又怎能苛求像小草一样的人们去活得高贵而又不乏尊严?

小草很卑微,卑微者却以野火烧不尽的旺盛生命力最大范围地占据着地表,佑护着"大树"赖以生存的水土。在卑微中达到生生不息的永恒,谁能说这不是一种伟大!

若做不了大树,那就踏踏实实做一株小草吧。

寂寞荒年

老家养竹,春天的嫩笋到了夏天已葳蕤成顶天立地的新竹了,不过这样的收成必须间年一回,上一年护笋成竹,第二年则要毁笋使之成不了竹。儿时吃笋,便问大人为何今年不让长竹? 才知道竹有旺年荒年之别,旺年蓄竹,荒年收笋,讲究的是计划生育,而荒年省下的养分及挖笋刨松的土质已给旺年的竹奠定了旺的契机。

由荒年而旺年,是竹子的生存哲学,更是人的生存哲学借竹的诠释。

古训云,不积跬步,无以至千里。蓄积能量是任何成功者的必修课,这也意味着漫漫人生不可能一路鲜花。如果说"一朝成名"是旺年,那么"十年寒窗"则是荒年,"一朝"与"十年"看起来太不划算,但没有"十年"哪来"一朝"? 诚然,人生的成功还离不开机遇,然而机遇是可遇而不可求的尤物,往往钟情于抛却功利浮躁与守得住寂寞荒年者。不见名利来,改弦更张去,不能穿越漫长的荒年驿路,即使机遇来了也要失之交臂。

冰冻三尺,非一日之寒。荒年不是荒废不是放弃,旺年不是投机不是钻营,荒年的寂寞孕育着旺年的茂盛。守住荒年,踏上抵达旺年的征程。

从秋天出发

在这个秋天,我除了看见成熟、看见凋敝,还看见一粒种子的破土而出。

春华秋实,秋天不是种子发芽的季节,但这粒种子却在这个秋天发芽了。此刻,我虽不敢武断她多么无知、多么任性、多么固执,但我敢肯定,那萌动的胚芽里,也像春天的种子一样,张扬着理想的希冀,憧憬着成长的快乐。

寻梦的征途是充满坎坷的,也是充满机遇的。那么,种子在走向生命的过程中,是不是也有选择机遇的权利? 如果有,在两粒种子之间,机遇又是不是均等的? 而且选择了就把握得了? 也许,当这粒种子在为逝水般的春华而懊丧时,时序已是夏天。

其实,夏天也是一个颇值得亡羊补牢的季节。我老家的乡亲们在夏天种马铃薯或者荞麦,到了秋天仍然可以收获更多的马铃薯或者荞麦。

生物学上说,种子发芽是有条件的,阳光、土壤、水、气温等,而这些不可或缺的因素又往往是一粒种子把握不了的。种子的选择空间实在有限,

她的责任仅仅是不能让自己胎死腹中。不巧的是，今年我们这儿的夏天又的确有点不正常，气温创了历史新高不说，直到立秋的时候，老天才像模像样地下了一回雨，据说还是气象部门抓住机遇，实施了人工增雨作业。这很容易引导我做出以下猜测，这粒种子赶在秋天能发芽，说不定就是人工增雨的受益者！滴水之恩，涌泉相报，我不知道她将拿什么来报答这场秋雨。果实？花朵？抑或几片绿叶？

像春雨一样，秋雨同样亲切而缠绵，十月小阳春嘛，没有这雨就没有了挑逗春心的蜜语，而秋天这种善意的暖昧，往往叫人意乱情迷，别说一粒怀春的种子，就是经风历雨的梨树，在这种暖昧面前也会乱了阵脚。你看，在光秃的梨枝间，不经意就冒出了朵朵碎白花儿，甚至还惹来几只嗡嗡的野蜂；至于路边的草茏，田野的稻茬，这会儿也都纷纷吐出了新绿。然而，小阳春终究不是真正的阳春，它的后面是严寒的冬天，是许多生命难以逾越的一道坎。对一粒微不足道的种子来说，是没有筹码去奢求冬天能对她网开一面的。

教书的时候，我曾在校园玫瑰花圃里见到一个秋后的花骨朵，丝绸一样的鲜艳，但冬天的残酷终止了它热血沸腾的梦想。它每天就那样默然地僵立枝头，像误入一个不能自救的圈套，任满腹的激情被寒风一丝一丝地抽去。一天、两天、三天……那种折磨定然酷似凌迟的疼痛吧！我每次从它旁边走过，总有一种悲伤从心头茂盛。但这样的季节，这粒种子终究是发芽了，即使错了，也不能怎样。毕竟不比学生写作业，错了，拿橡皮揩一下，还可以重来。一粒发芽的种子，无论如何，再也回不到她出发前的驿站。

是种子就应发芽！而在秋天娩下的果实却不一定是种子。果实总被分作两类，一类成为繁衍香火的种子，另一类成为果腹的食物或者生产原料。按我的思路，成为种子是所有果实的向往，由果实而种子，本身就是一种幸运。种子在春天发芽，固然会有一个圆满的结局，但在秋天发芽的仍是种子，仍会吐出悦目的色彩，谁都不能因为是"在秋天"就勾销它作为种子的荣幸。相反，如果她在错过了春天、错过了夏天之后，在秋天又因畏惧霜寒而丧失发芽的勇气，那才是真正的令人扼腕的。我觉得，理智的满足是理解这粒种子的最佳切入口。

雪莱说，冬天到了，春天还会遥远吗？秋天的后面是冬天，而冬天的雪原下，总有不屈生命的顽强呼吸。从秋天出发，我被一粒种子深深打动。

为谁工作

前不久，受托帮某国企整一篇经验交流稿，采访时了解到他们正在开展"我在为谁工作"大讨论。一位即将退休的老职工在笔记中写道，几十年了，还从未思考过这个问题，惭愧啊！其实，这个本不是问题的问题，未思考的又何止那位备感惭愧的老职工。如果在全国机关事业单位里搞一次问卷调查，思考过或正确思考过这个问题的人一定少得可怜。通常的法则是，职位的肥瘦，领导的亲疏，成为左右工作热情的绝对系数。

我想起孩提时代养蚕的故事，具体地说，是想起了一只被我葬送了晚节的蚕。蚕的一生很短暂，却要经历一次次脱胎换骨的蜕皮，要经历作茧自缚的修炼，要经历破茧成蝶的涅槃。当白茧出现了淡黄色的洇迹，经验告诉我，蚕蛾要出世了。然而，我的等待再也没有坚持的耐性，并且以为一把迫不及待的剪子可以帮助蚕蛾踏上快捷的新生之途。但事与愿违，没有经历新生痛苦的蚕蛾，那臃肿的身子以及无力的翅膀仿佛在哭诉早产是一个致命的错误。当其他的蚕蛾都相继出生，且羞羞答答地忙着谈婚论嫁时，那只剖

生活小品
第四辑

"茧"产的蚕蛾早夭了。我不知道这是为什么，直到后来读到一个振聋发聩的句子，"苦难，是上帝的馈赠！"奥秘才算隐约破解。

有一期《鲁豫有约》，做客的是位屠夫，他之所以成为这期节目的嘉宾，当然不是猪杀得出神入化，肉剁得游刃有余，而是怀揣了一张别人望而生敬的北大毕业证书。对了，这厮不是别人，正是陕西长安街头磨刀霍霍的"眼镜肉店"老板陆步轩。北大毕业生不但现在干这个，而且也曾像我没读完小学的堂弟那样拿刨子去帮人家搞装修，甚至还忍受过被老婆"修"掉的胯下之辱！这到底是不是有辱了斯文，我不想妄加评断，也不是眼下可以盖棺论定的，让我震惊的是，当牛顿先生找不到那个支点时，他还能撬起地球吗？

前面点了一下，本人的饭碗维系在一杆秃笔上，我很感谢每个文明社会都能给弄文字的一碗饭吃，尽管历史上遭遇文字狱的先烈数不胜数，尽管我的俸禄仅够全家糊个温饱，但我还是很乐意这份工作，或者说很自负这种在许多场合可以咬文嚼字的本领。然而，陆步轩师傅乃北大中文系的高才生，码起字来一定是笔走龙蛇、倚马可就，今天却落得靠耍刀把子营生，甚至可能还经常赔着笑脸为当地像我一样自以为胸有斗墨的主顾剁肉外加洗下水。这是一个令人恐慌的暗示，想想真有点后怕，乃至让人丧失自信——陆大哥都靠边了，谁还不能靠边？应该说，单位里之所以很在乎我，不是我有多大能耐，而是这副担子交给我了，做好了是本职，没做好叫渎职。反过来说，如果我的工作没有交给我，而是交给了另外一个人，哪怕另外一个人干得没有我出色，我存在的有无都不再重要了。

在工作中锻炼自己，在岗位上努力工作，这话听起来有点耳熟，像领导在整顿机关作风动员会上说的段子，但它的正确性并不因为你对"领导"有反感就可以颠扑。为谁工作？说到底，还是为自己。

看一朵花儿谢去

花儿次第开放，像一只只高亢的喇叭，张扬出春天的蓬勃和热烈，也在你止水般的心田漾开阵阵涟漪，仿佛回到少年，又意气风发，又风流倜傥，让你无法不放声歌唱。

但花儿开了，然后必须谢去。

花谢花飞飞满天，红消香断有谁怜？多愁善感的林妹妹之所以哭开了鼻子，就是看到了一朵花儿的谢去。是啊，一位逃不出封建樊笼的女子，一位依赖花容月貌维系爱情乃至生命的女子，最不敢面对的当推那英落残春的凄凉。几千年来，女人是男人养在瓶中的花朵，这不仅是男权强加给女人的悲哀，更是文明进程的悲哀，只是这种悲哀，被曹老夫子聚焦在弱不禁风的林妹妹身上之后，才更加引人怜悯而已。

花海如钱庄。看一朵花儿谢去，养蜂人也会沮丧不已——一枚花瓣的飘逝，无异于一枚铜板的销熔。在冬天，我曾看见养蜂人把一只只蜂箱叠码起来，周围包上御寒的稻草，然后用白糖把蜜蜂喂过冬天，待到春暖花开，就可以用大卡车拖着工蜂们去"打工"了。养蜂人的皇历里，一年的季节多了夏秋冬。然而，当花儿被金钱亵渎之后，即使多么华贵美艳，多么卓尔不群，也与林妹妹的命运毫无二致了。

印象中，儿时最爱黄瓜花。这花很寻常，翩跹的蜂蝶们赶在花期聚过来，

然后舞动出农家菜园的热闹。其实,穿开裆裤的村童们又何尝不是一群赶热闹的蜂蝶呢?花开了,要不了多久,就可以吃上脆嫩的黄瓜呢。母亲说,黄瓜正长哩,等花蒂落了才能摘。只是待我再去菜园时,才发现不知谁家小馋猫抢先下手了。为此,我总巴望着连在瓜尾的花蒂能早点掉落。

在花的面前,真正称得上哲学家的应该是农人。他们知道,花朵的众寡固然兆示了年成的丰歉,但繁花似锦不是目的,而是过程。掉一瓣花朵,抑或掉一地花瓣,农人是不会伤怀的。你想想呀,农人秋天的仓廪不正是无数谢去的花朵殷实起来的吗——果实是花朵的另一种形式,如同雪花是水的另一种形式。

"春去春会来,花谢花会再开……"不知哪家窗口正流淌出遗忘经年的悱恻情怀,让这朦胧的月夜充满温存和浪漫。也许花儿欣然而开,从容而谢,都是它存续的必然选择;而花儿的香火能在地球上绵延下去,能在挑剔的眼光中久鲜不厌,正是那张敛的智慧所展示的魅力?

看一朵花儿谢去,就是欣赏一个走向成熟的细节。

和鸣之美

一声啁啾,葱茏的森林醒了,湿漉漉的乡村醒了,翩跹的鸟们让每一个早晨充满生机和灵气。

鸟越来越少,所幸它们日渐式微的热闹还能勉强延续着香火,像一个个跃动的形容词让乡村在诗意里栖居,成为都市人梦中的怀恋。千百年来,鸟们的歌唱无疑得到了人类审美的认可,并使这一悦耳的天籁上升为一种崇拜,而百灵、喜鹊之辈更是成了"发烧友"的偶像,让人爱屋及乌。小时候掏了鸟窝,大人不但呵斥不休,而且哄吓说,手要用火连烤七天,不然头上会生瘌痢。乡村的野孩子不懂什么和谐自然、生态平衡,但要付出生瘌痢的代价可就一千个不答应。瘌痢女孩子一辈子嫁不出去,瘌痢男孩子要当一辈子光棍,谁再敢掏鸟窝啊。然而,掏鸟窝与生瘌痢并没有因果关联,大人们的良苦用心是借伪科学来佑护鸟儿,让它们的生活多一点安宁,继而免遭涂炭之苦。鸟是属于生灵的,鸟也是属于地球的,这种朴素的关怀,总像回荡的鸟鸣一样,在乡村的理性之上传唱。

鸟儿的歌唱活泼多样,鸟的智慧绝不比人类逊色,我们舞台上的独唱、对唱、合唱莫不是拙劣的模仿。我国的豆腐誉满全球,人们为什么百吃不厌,豆腐本身难占全功,更多的要得益于厨艺的翻新。鸟的高明当然不是推陈出新,而是各有专擅,一只鸟就是烹制一曲韵律的行家里手,我方下场你登台,从而让人类挑剔的感官始终能虔诚地聆听一幕幕百鸟和鸣的协奏曲。事实上,一个高潮迭起的舞会,靠一个或几个大腕明星支撑,一定是力不从心的,他们必须适可而止恰到好处地把时间留给别人,尽管别人的声音不一定洪亮,不一定曼妙,但这种调节一定会有锦上添花之效,这如同吃腻了大鱼大肉之后,一口老咸菜都可以当佳肴品尝。

鸟们的歌唱还是有时间段的,像演员登台事先排定了节目单一样,生旦净末丑,谁都可以展示,谁都必须展示。老家后山有棵古樟,到了深夜便有"苦苦"声传出,村里人以为是鬼叫"苦",还神秘兮兮地咬耳朵说,村里又有谁要走了。不几天,一壮年男子不治而亡,便越发固执了死亡征兆的灵验。但这种"苦苦"声一直在叫,村里却并没有经常死人,一位看山老人夜里从树下经过,"嗖嗖"飞出一只鸟,"苦苦"声戛然而止,谜底这才破解。原来那不是什么"征兆",而是猫头鹰在值夜班呢。

人是好武断的动物,凡事都要以三六九等划而视之,对鸟族也不例外。

如果说猫头鹰是因为无知导致的误会，那么乌鸦简直是遭受了人类不公正待遇。闭上乌鸦嘴，天下乌鸦一般黑，反正乌鸦是十恶不赦的罪魁祸首，谁都避之不及。原因很简单，乌鸦与死亡、不吉利为伍，哪里有乌鸦叫，哪里有死人。其实，人死之前与乌鸦无关，它自己的生死都是捏在阎罗手里，哪有能耐去左右人的生死呀！大不了是肉体死亡之后，它去奔了回丧而已。今天我们知道，乌鸦是清除腐烂尸体的清洁工，行业苦点、脏点也就算了，还要因此背一世黑锅，委实是哑巴吃黄连，有苦说不出啊。日常生活中，愿同清洁工坐一条板凳的人一定不多，但这个世界没有清洁工行吗？

林中生百鸟，百鸟生百音，每一只鸟、每一种声音，都是天籁和鸣不可或缺的一部分，都值得去珍惜和尊重。

每一个人都是生活在自己的森林里。

下蛋与打鸣

大凡农家，都少不了一窝鸡，五谷杂粮、剩饭剩菜，正好被母鸡们加工成营养丰富的鸡蛋。但母鸡中也有光吃不干的混混儿，它们的命运一般与公鸡无异，在某个节日，难免被手持菜刀的主人惦记上。而主人之所以明察秋毫，不滥杀无辜，是因为对下蛋的母鸡印象深刻——母鸡下完蛋，总要咯咯打鸣。先下蛋，再闹出点动静，看起来有些招摇，有些邀功请赏之嫌，但反过来想，要是母鸡省略了打鸣这个细节，即使一天能下几个蛋，都有枉入餐盘之虞。默默下蛋之后，不忘大张旗鼓地打鸣，谁说母鸡不是智者？

　　社会是个大舞台，也是角斗场，时下更把竞争的内涵演绎到了空前水平，一杯羹千人争食，一把椅千人争坐，智愚勇懦固然可以左右取舍、决定成败，但勇于并善于表现自我，有时也很有必要。兰虽吐蕊，身隐幽谷，只能孤芳自赏，即使有求香若渴的花君子，也不可欣赏，不能采撷。古人云，酒香不怕巷子深，现在年代变了，时尚的说法是酒香也怕巷子深，所以你打开电视，扑面而来的大多是请公众人物或俊男靓女代言的商品广告。然而，在现实生活中，一些人因为不注重推介自己，以致不得志而怨天尤人，不反省而郁郁终生，殊不知，要想在激烈的竞争中争得一席之地，再借一席之地施展抱负，实现人生价值，既要有以知识思想武装自己的真本领，也要有不露声色巧妙宣传自己的软功夫。善于让别人了解你、认可你、赏识你、倚重你，你就拥有了进入成功殿堂的密码。

　　思想是行动的指南，宣传的终极目标就是影响持有不同观点的人能听命于一面旗帜，但不可否认的是，有些人认为宣传工作无非摆摆花架子，太俗了，对宣传的积极一面不屑一顾，对许多获得宣传回报的事例视而不见。可以这样说，如果当年孔子没有周游列国，没有广泛授徒，儒家学说的影响力就不可能如此深远。反之，谬论重复一百遍就是"真理"，宣传若用在歪点子上，其杀伤力同样可怕，如传销洗脑，会把一个原本有亲情、有廉耻、有正确价值判断的人蛊惑成唯孔方兄是尊的魔鬼。

　　在古代，具备中兴之志的帝王必广开言路，朝野臣宦也必上疏谏言。上疏谏言既是臣宦尽忠尽责的本分，也是争取主宰生杀予夺大权、影响国家社稷安危的皇帝采纳自己政见的便捷通道，一旦龙颜大悦，赏赐、加爵、授权每每叫人目不暇接。然而，宠臣风光固然眩目，但伴君如伴虎，上疏一旦惹怒了皇帝老儿，或者授以政敌借题发挥的把柄，说不定就蹚上了文字祸水。上疏谏言作为一种宣传形式，虽字里行间可能杀机四伏，朝臣都会义无反顾坚持到底，如同那些舍命吃河豚的人——宣传的回馈与美味的诱惑一样，权衡之后还是要冒险付诸行动。其实，现在可供选择的宣传形式太丰富了，如写

自荐信、托引荐人、媒体炒作、提建议、呈报告、常述职等，只要你做有心人，得体的宣传绝不会亏待你。

A领导分管的某部门，取得了瞩目成绩，下了蛋，打鸣自然无可厚非，在好事者的精心策划下，决定出一本书来彪炳功德。"枪手"写好序言后，按计划署了该领导大名，但把小样送给该领导审阅时，她做了两点批示，一是出书单位由该部门改为宣传部门，二是序言争取省厅某领导署名。书出来后，社会反响很好，丝毫没有自吹自擂的痕迹，不久A领导及她分管的那个部门负责人双双荣升。其实，宣传也是一门艺术，如果策略失当，极可能弄巧成拙。

鸟儿在交配期，或歌喉婉转，或舞姿翩翩，如此花样迭出地折腾，无非想成为焦点人物，从而吸引异性来投怀送抱，以期完成续接香火的使命。鸟都深谙宣传之道，何况人！若没有当无名英雄的境界，且想争取一个平台干一番事业，下蛋之后，那就从从容容地打打鸣吧。

第五辑

世相杂谈

人这一辈子,总在主动与被动之间慰藉或者受伤,很难摆脱人情与面子、赐予与索取、婉拒与逃避、恩惠与凌辱、真诚与欺诈的纠缠,而借口像川剧变脸艺术,在美与丑、善与恶、痛与快之间游刃有余。

像猴一样活着

某日上街闲逛,见人行道上扎了人堆,引颈踮脚之后,才知道里面在耍猴。

像猴一样活着,指的就是这种被耍的猴。

我们这儿没有猴,异乡的耍猴人跋山涉水而来,每次都能让村子兴奋不已。这对耍猴人是好事,对猴却未必,如同那些拼命走穴的影星,既有消受礼遇的优越,更有疲于奔命的劳顿。耍猴人耍的是营生,是全家子的柴米油盐,耍到中途,都会让猴捧着帽子或铜锣向观众讨赏。这与影星相比,猴是屈了点,被人耍了,还要点头哈腰帮人数钱。看着猴讨来的一沓毛票,耍猴人笑了,但猴没笑,猴一定是把讨赏当作了一个演出节目,这与其他节目并没有什么不同,就像毛票与糖果纸并没有什么不同一样。它只是觉得一直板着脸孔的耍猴人,陡然变得和蔼可亲起来才值得可笑。

猴很淘,如同乡村的孩子,村里来了耍猴的,孩子们就会黏在猴红红的屁股后面,一处接一处地赶热闹,有的连午饭都忘了吃。好在这是一年也碰不上几回的稀罕,饿上几餐并无大碍。

孩子不怕饿,但猴怕饿,每天上蹿下跳扮人扮鬼的,不补充能量不行。耍猴人知道这是猴的软肋,兜里都备了干粮,在猴准备罢演的时候,就会来点小恩小惠。吃人家的嘴短,猴再想不演则说不过去了。当然,也有不吃敬酒的,而结果往往是多了一顿皮肉之苦。猴被鞭子抽得咬牙切齿,拽紧系在脖子上的绳子与耍猴人僵持着,也颇有几分宁为玉碎的悲壮。但胳膊拧不过大腿,当它意识到自己就像老祖宗齐天大圣逃不脱如来佛的法掌一样时,还是宿命地缴械投降了,并乖乖地强作笑颜起来。小时候看到这一幕,并不知道猴的内心会是怎样的浊浪滔天,只是觉得耍猴人手辣了点,有点像挥舞着戒尺的老师……

淌过三十年的时空,我在现代城市的人行道上又与一只猴不期而遇了,这是一种偶然,也是一种必然。此刻,呈现在我眼前的,虽已不是三十年前的猴,不是三十年前的道具,不是三十年前的耍猴人和围观者,但起了变化的仅止于此,那些骨子里的东西并没有在时间里沧海桑田,譬如绽放在观众脸上的笑容,譬如在猴眼窝里打转的泪水。巧的是,就在不远处的另一个角落里,一群花朵一样艳丽的女孩也在进行着另一种表演,她们每天用不堪入目的脱衣舞,去灌醉台下一双双饥渴的眼球。我曾痛心疾首地鄙夷过她们,但得知皖北一对办"歌舞"团的夫妇将不愿带头跳脱衣舞的亲生女儿活活打死之后,我才知道鄙夷与同情之间仅毫厘之隔。我没有资格去亵弄一只猴,也同样没有资格去鄙夷一位脱衣舞女,抑或一切卑微者。

教书的时候,给学生讲达尔文,讲进化论,课后就有胆大的问我,现在的猴为什么不进化成人啊?这是一个听起来很幼稚的问题,又的确不是凭我肚子里的"半桶水"能铺陈得清楚的问题,但不管怎么说,达尔文的进化论是不容置疑的,猴的祖先就是人的祖先也是不容置疑的。在我畸形的视觉里,猴性永远是人格最原始的基因,千年也好,万年也罢,人都在像猴一样活着,包括那些耍猴人。

俯视红尘,谁的脖子上都系着某根无形的绳子,谁的头顶上都晃动着某根无形的鞭子,谁的嗅觉里都氤氲着某种"干粮"的诱惑。你无论做一个生活的臣服者,还是一个屈服者,都或多或少要做一个"识时务"者。

像猴一样活着,这是人类八十万年都没有解决的难题,看来达尔文的进化论还是有懈可击的。

世相杂谈 第五辑

找个借口说事儿

　　顾忌是人类社会的特殊情感，大凡说话办事，难免掂量名利得失。当不便开门见山、直奔主题时，被城府修养的嘴巴，揉碎一语中的的直爽，含蓄出半截花花肠子，斟酌复推敲，无非找个借口说事儿。

　　在师范进修时，学习压力不大，新婚不久的某同学，只要太阳西下就像刚学会开车的驾手，对家中的热炕头有着狂热的痴迷。掐指算来，周末遥远得像孩子眼里的新年，便写了请假条，说岳母去世，需回家奔丧。女婿乃半边之子，班主任不但批了条子，还安慰节哀顺变。此后，某同学又以岳父病危、兄弟结婚、领导乔迁等事由，频繁请假。也许是借口找忘了，又没做笔记，当再一次递请假条时，班主任一脸疑惑，说你岳母不是已经去世了吗？某同学很快反应过来，忙辩解，上次是前任岳母去世，这次是现任岳母作古。班主任也年轻过，一边批条子一边坏笑，拜托下次不死岳母好不！

　　文友甲闲得无聊，在电话里绕弯子，意思是在下近期混了几个稿费，该放点血请兄弟们撮一顿。想想好长时间没雅聚了，便爽快答应，只是待大家相继赶到酒店，座中有一空缺，甲乙丙丁地点过人头，居然甲未到。就在黄花菜快凉了的时候，气喘如牛的甲推开包间，没等他解释，大家异口同声说，堵车。甲惊诧不已，你们怎么知道？嗨，这词儿快老掉牙了，谁饭局迟到没如法炮制过几回！

对城里人来说，山芋是调节胃口的绿色点心，但这玩意儿一旦吃多了，胃就要以泛滥酸水的形式表达不满。小时候，山芋是活跃在我家灶台上的主角，焖山芋、山芋糊、烤山芋、山芋丝、山芋干，尽管母亲把山芋轮番变脸，还是不能阻挡我饱餐一顿米饭的渴望。好不容易煮一次山芋饭，母亲给我们小兄弟盛过一碗饭后，我踮脚朝锅内一侦察，锅底没饭了，全是山芋块。母亲一边用铲子使劲捣芋泥，一边提醒我们别噎着，还强调说，她吃惯了山芋，不喜欢吃米饭。母亲怎么不喜欢吃米饭呢？放牛时，我恍然大悟，因为牛也不喜欢吃米饭，而习惯吃草。其实，母亲还有许多令人费解的行为，如新年时唯独母亲没缝纫新衣，她说因为大人不像小孩老长苗子；天没放亮母亲就起床忙活，她说大人睡四五小时就够了……稍长，才懂得那是母爱。母亲一辈子真诚待人，没有心计，不善通融，但为了让我们尽可能少地承受生存的压力和生活的苦难，她总能找到爱的借口，同普天下的所有母亲们一起，接力着人间的温暖和人性的抚慰。

　　羊知跪乳，鸟知反哺，而父母透支的身体需要赡养的那天，总有一些子女被检验出不及禽兽。村里有位老人膝下子孙成群，人家夸她福气好，老人摸了摸身边的狗，叹气无语，因为她基本被自己含辛茹苦丰满羽翼的子女们遗弃了。大儿子说，孩子要娶媳妇，家里房子紧；小儿子说，我们在城里打工，总不能背着一个老太太上班吧；女儿说，嫁出去的女儿泼出去的水，她要逞能岂不是给撑门户的兄弟抹黑？后来，像皮球一样的老人捡了条野狗相依为命，憋屈了就对狗掏掏心窝子。人无道，狗有德，狗是老人忠实的拐杖，估计这辈子也不会离开，因为能找借口的狗至今还没有进化出来。

　　某地优化经济发展环境时，专门为招商引资企业设立了"马上办"。一日，"马上办"A主任发现有位引凤还巢的企业老总，居然是初二时因逃课、斗殴被开除的坏同学。如今，坏同学灯红酒绿不说，还是那些被招商引资任务搞得焦头烂额的政要们的座上宾，而自己十几年寒窗好不容易熬到一张硕士文凭，却要屁颠屁颠地为人家去"马上办"。A主任窝火啊，所幸县里调整人事时他抓住了机会，成为一方诸侯，但福兮祸兮，"诸侯"的交椅还没

坐热,就因经济问题被检察院盯上了。在供词中,A 主任振振有词,一个接受高等教育的人混得不如一个未完成初等教育的人,谁还相信知识改变命运?

生于我们安庆的彭玉麟,是晚清四大中兴名臣之一。彭玉麟乃一介书生,忠诚智勇闻名乡里,求贤若渴的曾国藩三顾茅庐请其出山后,在枪林弹雨中得到考验的他则很快鹤立鸡群于湘军,并因屡挫太平军被朝廷倚重。无奈彭将军是个不要官、不要钱、不要命的特立独行之辈,从咸丰三年到光绪八年,共辞官六次。六顶官帽中,最小的是相当于省长的安徽巡抚,而请辞的借口,无非军人不善民政、回乡为早年亡母丁忧之类。有人说,宦途是高风险职场,毕竟人性都有贪婪的一面,或金钱,或美色,或字画,或垂钓,或献媚,投机者总能找到抵达软肋的幽径。千百年来,找借口跑官要官者如过江之鲫,彭玉麟却三番五次找借口辞官,算是权贵当道、腐败至极的晚清的一个异类。难怪将军百年时,洋务运动倡行者张之洞这样挽之,"加官不拜,久骑湖上之驴;奉诏即行,誓翦海中之鳄。"

王者法天下,身为人臣谁都不敢明目张胆谋反犯上,但碰到窝囊君王,或者被君王窝囊了,手握重兵者往往以"清君侧"为借口觊觎皇权。西汉初年,晁错为天子尊、宗庙安计,向主子景帝上疏《削藩策》以巩固中央集权。吴王刘濞因儿子先前被太子用棋盘砸死,早有篡夺帝位之心,现在推行削藩,原本各打算盘的藩国变成了一条绳上的蚂蚱,他觉得这是上天的眷顾,便纠集七个藩国,以"诛晁错,清君侧"为借口发难。迫于城下逼宫,已吓得尿失禁的景帝病急乱投医,忠奸莫辩,听信谗言,一反初得《削藩策》时的龙颜大悦,拍案下诏:晁错肇祸、死有余辜。因帮主子出了个金点子而陶醉的晁错,还没清醒过来脑袋就搬家了,但即便如此,他也不能遂景帝之愿谢天下,因为"诛晁错,清君侧"原本就是刘濞们兴师问罪的幌子。

翻开龌龊的近代侵略史,总能找到一个掩耳盗铃的借口。像鸦片战争,英国入侵中国的借口是鸦片遭禁;清末八国联军火烧圆明园的借口是营救大使;二战期间,日本侵华的借口是帮助"黄皮肤"们建立"东亚共荣圈"。

弱肉强食乃自然法则，也是社会法则，当世界列强要蹂躏那些不甘盘剥、不当走狗的主权国家时，往往借路见不平一声吼的伪仗义来暗度陈仓，其借口无外乎保护本国利益、维护地区和平、避免人道灾难……殊不知，保护本国利益是以牺牲他国利益为代价的，避免人道灾难却在制造更大的人道灾难。恶狼从不怜悯绵羊，对力量悬殊的弱国来说，一旦遭遇人为刀俎、我为鱼肉的借口，面临的就是灭顶之灾，即使哭着鼻子请上帝主持公道，上帝也不会现身救世。如果说真有救世主，那就是自强不息到别人不敢找借口。

人这一辈子，总在主动与被动之间慰藉或者受伤，很难摆脱人情与面子、赐予与索取、婉拒与逃避、恩惠与凌辱、真诚与欺诈的纠缠，而借口像川剧变脸艺术，在美与丑、善与恶、痛与快之间游刃有余。清者自清，浊者自浊，但愿更多的借口经得起时间的拷问和公理的检阅，能在历史深处淡定从容，阳光灿烂。

不接地气的自助餐

省里某领导到基层送温暖，午饭安排在乡镇食堂，因撞上提倡厉行节约、反对铺张浪费的风口，某领导提出用实际行动响应节俭号召，这下可难坏了乡镇食堂，所谓由奢入俭难啊，毕竟习惯了阔绰习惯了排场。怎么办？从乡镇一把手到食堂大厨，都在为达到节俭效果而绞尽脑汁。自以为荤素搭配的四菜一汤可进退自如，没想到某领导又提出了更加明确的要求，吃自

助餐。乡镇食堂连自助餐餐具都没有,怎么自助? 赶紧加大油门到百里之外的县城大宾馆租借吧。最后,自助餐总算吃上了,但花费不比豪华酒宴少。

民以食为天,吃文化在中国源远流长,博大精深,所以国人见面第一句话是,你吃了吗? 饥馑之年人的优越感是吃得饱,廪实之年人的优越感是吃得好,而封建君主更是登峰造极,一餐要用几百道菜,可谓海纳百川、包容天下。在社会交际中吃是最微妙的动词,主客双方都看重吃什么与怎么吃,以致盛情须菜如叠塔,豪爽须酩酊大醉,只有如此尽了地主之谊,客人才算有面子,建立友谊则水到渠成,解决问题可立竿见影。于是,大凡贵的奇的,你就放着胆量上吧,浪费不足惜,私费尚且攀比阔绰,公费那就更不心痛了。据统计,我国每年餐桌上要浪费两千亿元,倒掉的食物可养活三亿人,实在触目惊心。

《舌尖上的浪费》系列报道在媒体曝光后,举国上下为之震惊,各级纪检部门相继出台了有关规定、禁令,提倡厉行节约餐饮新风,推行"光盘行动",将公务接待的铺张浪费划入腐败范畴。一些领导干部更是率先垂范,用实际行动在餐桌上体现廉洁自律,既节约了公务支出,又重塑了干部形象,更有利于身体健康,可谓一石三鸟,难怪一声令下,拥声如潮。

上面提到的那位要在乡镇吃自助餐的某省领导,我相信他的言行是真诚的,不会有作秀之嫌,而出现自助餐并不比豪华酒宴节俭这一结果,则令人啼笑皆非,值得深思。我想,如果那位位高权重的领导,熟悉农村情况,考虑到乡镇食堂暂不具备自助餐条件的实际,因地制宜,因陋就简,吃一回农家饭,哪怕围上一大桌乡亲,其身体力行的社会反响一定比仓促上马的自助餐好得多。同时,基层干部如果不唯命是从,敢于说出实情并提出合理化建议,领导也一定欣然采纳,收回成命,完全可以规避自助餐造成的负面效应。

其实,不仅在餐桌上,无论干什么工作都要接上地气,如果上面的人脱离实际,下面的人盲目服从,极可能事与愿违,一旦步入教条主义、形式主义的窠臼,好事就要办砸,造成极其恶劣影响,乃至发酵出一种刺鼻的异味来。

善待身边之才

是金子总能发光！这是一句使用频率较高的励志勉辞。但人不敌金子，百年或者千年之后，金子还是金子，而人已化作白骨了。在历史长河中，被喻作人才的金子至多是天上的流星。

人才战略仿佛盗版的畅销书，"借脑"注定要引领时髦的官腔，制胜"法宝"除了优待还是优待，于是，总有求贤若渴的急迫心情在文山会海上泛滥着，总有连篇累牍的优待款项在白纸黑字地炫目着，殊不知"法宝"一旦被克隆并普及后，它的法力也就丧失了灵验，宛如涨水后又回到同一水平线上的船只。不难看出，经济最繁荣的地方，人气也相辅相成地旺盛，这意味着欠发达地区在吸纳人才上不可能同发达地区平分秋色。虽甲地出现人才高消费，可谓杀鸡用牛刀，而乙地出现人才高饥荒，可谓筷子充旗杆，但人才的流向并不因为盈亏需要平抑而改变。其实，当难以引进"外援"时，看似山重水复，却非无路可走，善用身边之才，就不失为治政良举。

俗话说，寸木寸用，能把寸木的能量发挥好，或者说有了寸木就够了，为什么非要去慕求"丈木"呢？所以，厂家在产品开发时要找研发专家，在推向市场时则要找与大众混了个脸熟的明星。如果把人才的定义界定在能出色地做好某项工作，就会豁然发现，我们身边有着一个可资利用的人才富矿，就看你善不善于开采。可怕的是，一些人认定外国的月亮更圆，既没有

伯乐的慧眼，又没有善任的心机，更没有唯才是举的气魄，以致对远处的人才趋之若鹜，对身边的人才熟视无睹，最后白白让人民的事业当冤大头。

当前，社会上对人才的认定形成了文凭一票否决的标尺，然而，造就人才原本是可以殊途同归的，非科班出身的经验型、自学型人才虽是凤毛麟角，但他们的才能总会在不同时代不同领域鹤立鸡群般浮现出来。像只有初中文凭的许振超师傅在港口桥吊上是专家，像智残的舟舟在音乐指挥上是天才，这些拔尖的异数信奉的是以水平能力论英雄，而不是以文凭学历较高低。其实，仅凭一纸文凭招来的人才，将来虽有可能成为旷世奇才，但也有可能是只会吊书袋子的庸才。相反，身边显露的人才虽难成长为旷世奇才，却有一个萝卜一个坑的实用，就像士兵经过无数战火洗礼成将军后，在局部战争中甚至比学院型军事家更善于结合实际。

一些地方，天天喊解放思想，而在用人上总怕越"雷池"半步，一腔热血被陈坛旧罐俘房后，缺才与屈才成为属地一对难以调和的矛盾。明知一些人才因从事的专业不对口而沦为庸者，虽有恻隐之心，虽有痛惜之慨，就是不敢"解放"一下由人制定的人事流通体制。待其再为人才短缺大声疾呼时，让人陡生叶公好龙之憾。遥想呈鼎立之势的"三国"时代，争夺人才乃觊觎天下之辈不见血刃的残酷战争，无奈表面上重视人才的袁绍空有重才之名，却无善任之实，门客的才能得不到张扬，幕僚的智慧得不到尊重，导致郭嘉等一批高级人才纷纷投奔敌营，不断充实着曹操的智囊团。曹公民间口碑至今臧否参差，但在"借脑"上因能知人善任，以诚相待，最终光大了霸业。

前不久，复旦大学以"面试决定录取"的自主选拔改革，如一缕春风，吹皱止水生涟漪，这是自恢复高考以来，第一次实现高考分数与高校录取的脱节，它的"破冰"意义不仅仅创新了一种新的选拔方式，而且展示了打破陈规俗矩的过人胆识。当年吴晗数学考了个大鸡蛋照样破格进入清华园，而校友郭沫若不但数学不行，语文也只有三十五分，今天看来，如果他们被条条框框拒之门外，那是多大的遗憾啊。

不浪费身边人才,不委屈身边人才,既可扬重才之旌,又可解燃眉之急,何乐而不为?

数字牵着鼻子走

一觉醒来,天已大亮,一骨碌抓过手机,屏上显示 7:00。9:00 开会,还有两小时,有惊无险啊。

昨夜在打字室准备会议材料,加班到深夜一点多,本来困得很,可是醒来后却再也睡不踏实了。为什么没有早一点或者迟一点醒来呢? 7:00,一个很干净利落的数字,它比 6:59 或 7:01 一定更具优越感,要不然我是不可能如此耿耿于怀的。

就这样,我计较起了数字。

多少、快慢、高低、长短……从结绳记事开始,数字便在人类的智慧中萌芽了。像无孔不入的空气,它定格于历史,发生在现在,出现在将来,你随便一伸手,就能抓上一把,沮丧的,激越的。

许多概念用数字去描述,直观性和震撼力会立竿见影。给学生讲人类在地球村表现出怎样专横的一面,他们会一头雾水,再换成人类的破坏导致地球上每小时有一个物种被贴上死亡标签,则给人以触目惊心的恐怖感。但数字对数字本身却显得乏力。在教科书上,整数、小数、奇数、偶数、有理数、无理数、函数、复数等,都是以定义的形式来界定的。可以说,随着数学家们的苦心孤诣,还会衍生更多的数字家族,还会有更多无法用数字

世相杂谈
第五辑

统计的数字挤入新版的教科书。这当然不仅指数学学科,哪一个门类都少不了数字的结构体系。譬如拿数字去解剖一只蚂蚁,一定比任何刀具都游刃有余。

数字很讲究秩序,如同并肩的兄弟,虽有前后之别,却无尊卑之分,但数字一旦引入人类的竞技场,情行往往大相径庭。你若不是排在前面,占据着优越位置,你就如同一个俗常的数字,不会吸引眼球的瞩目。邻居说儿子在班上考了第一名,那声音比平时提高了八度,透着一种豪气与霸气。同样是考试,我的《古代汉语》刚好六十分,自己觉得玄乎,别人却怀疑是改卷老师慈悲为怀,因为六十分是个门槛。其实,五十九分可以存在,六十一分可以存在,六十分为什么不可以存在呢?人类的思想一旦以数字作为载体,这个数字就不仅仅是一个数字了。

去交手机费时,见柜台上立了一块广告牌,意思是说尾数为"4"的号码除免交月租,每月另赠十元话费,总之是贱卖。再去交话费,广告牌还在那儿。有位弄音乐的先生想为"4"平反昭雪,说这是"发"呢,但没人理睬。音乐里的"4"不是数字里的"4",虽然它俩都是舶来品,在生活中渗透得更广更深的还是数字。

买手机号可以绕着"4"走,因为消费者是上帝,你果真给我"4",我叫你做不成生意,先活活饿死你。而对处于管制地位的车牌号,你就不能那么随便使性子了。

马路上一女士骑摩托车过来,车牌却是倒着挂的,调过眼珠子看,原来车牌的尾数是"4"。现在车管部门放车牌是电脑摇号,表面上公正得很,但业内人士说,吉利号码早被人家透支去做人情了,土老帽们你就使劲地摇吧,看能不能把个李鬼摇成李逵!单位领导买了新车,喊有门路的同事一打理,没摇,果真弄来了一个尾数为双"8"的车牌。你别以为吉利数字仅仅是满足一下心理崇拜,同事说,有了这块牌子,犯点"交规"交警都要掂量是不是能开罚单。现在的车牌,已不仅仅是块便于交通管理的编码,而是权力地位身份的代名词。

巷口有家彩票投注点,虽然所处的路段不算理想,但每天顾客盈门,生意出奇的火爆。彩民挤在数码表下,或交头接耳,或苦思冥想,一副不拿下这期头奖誓不罢休的执着。我不是彩民,体验不了数字组合会给彩民以怎样神魂颠倒的魔力,也不可理喻每一期摇出的大奖其实存在着某种神秘的玄机,但专家们像煞有介事地在电视里或报纸上帮彩民们指点迷津,弄得与大奖擦肩而过的人拍破大腿,然后又志在必得地投入下一期的"研究"之中。听说某某做彩民时穷困潦倒,后来改做彩票点评专家,没几天工夫就春风得意了。我总觉得买彩票与赌博没有什么区别,之所以禁赌令对彩民网开一面,大抵是彩票上的数字被涂上了福利事业或体育事业的神圣光环,彩民们既然没有被神兵天降的警察抓个正着之虞,尽可理直气壮地把"彩票"事业进行到底,继续用幼儿园的小朋友都会摆弄的数字去编织缥缈的暴富梦。

最害人的数字莫过于那些虚张声势的"政绩",它们为虎作伥,像细菌一样在功劳簿上繁殖着,一些人靠这些数字做台阶,呼风唤雨,平步青云。好在数字能出官,也能毁官,一个贪官该坐牢还是该掉脑袋,最终往往以敛财的数额做依据。

做一尾随波逐流的鱼,人总会被数字牵着鼻子走。

走进十月的林地
Zou jin shi Yue de lin di

第六辑
校园琐记

我是一截竹棒儿,一截竹棒儿不是我。

像交警的手臂,我的天职就是指引信徒叩拜的方向。

一棵棵幼苗,因我茁壮,或者枯萎。

美术课

多少年了，我一直偏爱着崔永元的节目，而看完节目就抓起笔来涂鸦与其有关的文字，还是第一次。没错，我看的是 CCTV 重播的"两会"特别节目——《小崔会客》。这期节目的客人有我们安徽省委郭金龙书记，有眼下火得洛阳纸贵的厦门大学易中天教授，还有享受到均衡教育实惠的铜陵家庭代表涂建文一家。也许你会这样认为，坐的是安徽客，说的是安徽话，谈的是安徽事，予以特别关注乃新闻亲近性使然。这样分析有些道理，但不全面，聆听到一个新理念诞生后的啼哭，遥望到教育公平催生的春天，是我心潮澎湃的真正原因。毕竟，我曾在乡村教了二十一年书，深知教育资源要素的不平等会给农家子弟造成怎样的硬伤，譬如我教美术课。

在我排得满满当当的授课表里，除了一门数学主课，还有许多手工、体育、美术等艺体课。我是"艺盲"，特别是美术，但乡村小学没有专业艺体老师，艺体课从来就是扯平数学课时的手段——教学大纲上课时安排得最多的是语文。我的拼音不行，只能教数学，如此，就是"艺盲"也要克服点。当然，与那些安排到偏僻单、初小任教的人比，我能在一个规模相对较大的完全小学，还是颇有优越感的。毕竟我没有独守孤灯的寂寞，在一节课里，也不需要一会儿语文一会儿数学一会儿低年级一会儿高年级地转磨盘，更不像他们拼音不行仍要教语文，"XYZ"都读不准仍要教数学。美术是副课，没教好不要紧，家长不放在心上，学校也不追究责任，安排了课时就体现了素质教育。期末填成绩通知单，美术之类的艺体课闭着眼填都行，同事们像刘翔一样拼命冲的是语文、数学两门主课，校长和家长像检票员一样紧扣的也是语文、数学分数。这是一种不合理现象，好在大家都司空见惯了。

我越来越怕上美术课，是发现从一年级带上来的学生中，有几个比我画得逼肖得多，也许这就叫天赋吧。我不止一次想过，难道我真的没有这方面天赋吗？20世纪70年代上小学的时候，记得有体育课，在操场上拍皮球、斗鸡之类太过瘾了，至今篮球我还能花拳绣腿来几下，但足球、排球不行，大概跟从小没接触有关。也有音乐课，教我们的董灿开老师，能拉一手好二胡，去年，我县挖掘文南词申报国家非物质文化遗产时，仍健在的他还接受了电视台采访，今天我哼几句歌也是行的。但当初美术课是不是开了，没有印象。有印象的是，那年正月从城里来我们村走亲戚的小孩，带了把纸折的手枪，"啪啪"地喊，神气得像小兵张嘎。后来，我掏出藏在夹袄内的二毛压岁钱，同他交割了人生的第一笔交易。我不知道，我没有画画的天赋，是否与美术课印象模糊有关。我相信，农村一定有这方面天赋的孩子，只是艺术潜能因缺少专业教师没得到挖掘和发挥而已，那些在艺术院校神气的城市学生，则因没有来自农村的竞争而捡了大便宜。记得上初中时，隔壁班上一位男同学，花鸟虫鱼，梅兰菊竹，画什么像什么，很快就在学校里出名了，原来他是暑假到城市亲戚家找表哥舀了几瓢水。但他后来没有读完初中，更不会像大家开始预料的那样，成为画家。我们这一代乡村教师，大都是艺术细胞没有得到开发的"凤还巢"农家子弟，后天的残缺为恶性循环埋下了伏笔——用不合格模具铸造不出合格的产品。像我的孩子，除了靠MP3学了几首猫叫或狼嚎般的流行歌曲，音乐识不了谱，体育拍不动球，美术拿不起笔，一看到他比我还差，难免忧心地联想到退化的物种。但我不忍责备他，这不是他的错。如果他出生在城市，结果还会是这样吗？

我不懂美术理论，不善艺术欣赏，那沉沉的、花花的美术课本对我来说一直是个摆设，相信在行的美术教师看了要摇头跺脚的。不过，低年级的美

校园琐记 第六辑

术课我勉强还能对付，无非是桃啊梨啊之类的简笔画。我在黑板上画，一次不像，揩了，二次不像，再揩了，我反复数次，学生也反复数次，等桃啊梨啊像那么回事时，学生们一块橡皮只剩半块了。而高年级的美术课就不那么容易，他们基本上厌倦了简笔画，不少学生画桃啊梨啊早超出了我的水平。我必须搜肠刮肚上难度大的，譬如猫啊狗啊什么的。有一次，我带大家画蜻蜓，但画着画着下面就起哄了，说画的不是蜻蜓，是被风刮倒的电线杆。我退后几步一端详，嗬，大家还真有眼力。把蜻蜓画成了电线杆，传出去会有损我业已形成的骨干教师形象，得赶紧救场。我问道，蜻蜓喜欢在哪些地方休息呢？荷尖上，树枝上，草秆上，还有电线上，我打住大家的争论，神秘地说，今天就是要画停在电线杆上的蜻蜓。等同学们安静下来，我才感觉后背湿透了。有了这次教训，再上美术课就不敢说画什么，都是等画好后先请同学们看，他们说像什么就算什么。这件旧事本是不齿于外道的，但一想到多少好苗子多少好天赋被我一节连一节的美术课化为平庸，今天要是连一点声名都舍不得牺牲就太没良知了。然而，我的学生因我夭折了天赋，我的孩子因他的老师夭折了天赋，而我和我孩子的老师又因谁夭折了天赋呢？

2003 年，我离开了学校，再不需要背负那些艺体课的压力，再不需要痛苦地在神圣的讲台上误人子弟，但这只是我的解放，并不是乡村孩子的解放，因为后来者未必比我强。其实，我国的教育对农村孩子极不公平，在他们知道玩泥巴且只有泥巴玩时，他们就输在了起跑线上——农村义务教育阶段师资力量严重匮乏，更遑论幼教。所谓素质教育，虽嘴上说了，墙上挂了，报告上总结了，客观上却不可能落实，因为紧缺的教师，优秀的教师，都集中到城市和重点学校去了。工商部门把打击假冒伪劣产品的重点放在农村，其实改良教师结构的重点也应该放在农村。学生素质的提高，前提是教师素质的提高，而已推行多年的教师在岗继续教育培训，初衷是好的，结果则因考核不严已基本上流于形式了。乡村讲台上，还是秦时明月汉时光。

教育部直属师范大学今年实行师范生免费教育，这是一个好消息；在铜陵取得试点成果的均衡教育正在我们安徽推广，这又是一个好消息。我相信,在国家重视民生、重视"三农"的大背景下,像我教美术一样的乡村教师将越来越少,多的是涂建文家长轻松的脸,多的是涂潇涵小朋友开心的笑。

收学费

子曰:"自行束修以上,吾未尝无诲焉。"

在教育界,久负盛名的万世师表当推孔丘,只是老夫子虽有教无类,贫富无欺,终究没有做义工的境界,大凡学子,先必"束修",说白了,就是明码标价大收拜师礼。在那个时代,区区十条腊肉也不算什么,贫如颜回的寒门弟子都拿得出来,却从一个侧面折射出自古学生交学费天经地义。

我曾从教的二十年,也是收学费的二十年,在已经免除义务教育阶段学费的今天,那些与学费有关的人事仍记忆犹新。

20世纪80年代中期,我在一个叫西源的山区辅导小学教书,学校确定的学期学费在十到二十元之间(当时劳动力日工资不足三元),主要用于购买书本粉笔、翻修教室、修理课桌、支付民办教师工资等。那时虽土地承包到户多年,但山区经济还很落后,加上每家都有几个孩子,能在开学时交足学费的学生很少,大部分是先报个名挂个号再说。三天报名期全校收到的学费一般只够买书本,但有了书本就又能收齐一批学费,因为老师卖了关子,新书只发给交足学费的学生。

校园琐记
第六辑

　　教室里弥漫着浓郁的油墨香,那些领到新书的同学得意地晃着脖子,只交了部分学费或根本没交学费的学生则像霜打的茄子,性急的干脆噙着眼泪往家里跑。一会儿,家长们被相继拖来了,有的还是赤脚,风干的泥巴像一块块痂,粘贴在他们的手脚上。经不住孩子的哭闹,一些家长开始小心翼翼地从内衣里抠出不知沤了多长时间的毛票。看到捧着新书的子女转哭为笑,家长也笑了,尽管没有遮住骨子里的苦涩。没带钱的家长,看别人在交钱,都会知趣地站在一边,等老师有空了,再诚惶诚恐请其担保,并信誓旦旦说过几天挑柴去卖,如果这位家长与老师相熟,而且往年已积累了些信誉,老师一般不推却。这个时候,最会就坡下驴的是那些有手艺的家长,他们趁机揽下翻检教室、修理课桌之类的短工,工资正好抵掉孩子学费。还有,擅长扎笤帚、扫把的,也不失时机扛了"作品"来抵学费。苦就苦了孩子多的农家,人穷志短,曾经说的话兑现时多少打了些折扣,印象不怎么好,再请人家担保谁都爽快不起来。唉,歇一个吧。但手心手背都是肉,这样的取舍对父母来说总是痛苦的,无奈再痛也要割一刀,而为此付出牺牲的一般是女孩,毕竟长大终究是泼出门的水。在接受教育上,农村家庭赋予了男孩优先地位,当无能力让几兄弟同时上学时,老大又必须把机会留给弟弟们,毕竟老大已经能认些字算些账,不是睁眼瞎,回家还是个小帮手。所以,那个时候农村孩子读初中的占不到一半,女中学生更是凤毛麟角。1989年,我兼带扫盲班,班里的学员全部是比我小不了多少的大姑娘,没有知识的装点,她们的青春缺失了活力,姣好的面庞被一双略显呆滞的眸子颠覆,令人扼腕。

　　过年了,塾师要回家,还有几个学生未交学俸,塾师犹豫了一下,再犹豫了一下,最后还是决定上门去讨要。这幅古时年关习以为常的乡村画面,同样在新社会的农村小学继续着接力游戏。期末了,开学发的新书像一个流尽乳汁的老母亲,皱巴巴的,这时候着急的不是家长,而是学校,未收取的学费再不催收就有打水漂的风险。于是,学校采取任务到班级到人头的措施,你没能耐收学费则扣工资。那时,农村中小学教师工资还一直是乡财政负责,工资发放既不及时也不足额,能发到手的勉强养家糊口,一听说学校也要扣工资,原本放不下面子而一直拖着不采取清缴行动的老师们,个个似热锅上的蚂蚁,先是课余找欠学费的学生谈话,再是在课堂上点名批评,甚至放出话来,将交学费与评定"三好学生"和确定升留级挂钩。20 世纪 90 年代初,小学学费涨到了百元左右,老师在催收学费时形象虽受了些损失,但农村因劳动力大量输出,经济相对活跃,收不起来的极少,而不给钱的家长,要么穷得叮当响,要么是混混儿。我在毕凉小学时,有一次催收补足的学费,一家长让孩子捎话来,说他家全是"伟人头",等有零钱再交,闻之哑然。当然,同行中也有不吃这一套的,你要赖不是,干脆晚上去你家鸡栅里拽两只老母鸡。看看,为收学费,斯文扫地的老师们快成进村的小鬼子了。

前年,一位开打印社的文学朋友来电话,问我记不记得一个叫王厚福的学生,我说记得,并急切地追问他怎么了,文学朋友解释说,没什么事,王厚福到打字社应聘,自称是我的学生,想证实一下。2007 年,回隘口小学正式办理调动手续,去打字社复印资料时,坐店老板一抬头就惊喜地喊我老师,嗨,这不就是王厚福嘛,虽然个子高了,轮廓变了,还稀疏着小胡子。原来,他在城里打了一年工后,就在乡政府门口独立门户了。在我二十年的教学生涯中,教过的学生不少于两千人,只是在时间的雕琢与磨洗下,能记得名字的不多,能认得的就更少,对王厚福印象深刻,其实与那年正月他父亲来交学费有一定关系。那是 1995 年,教师部分津贴财政不给,就开口子允许从学生头上收取兑付,小学每期学费涨到了二百元以上。在上新课的那天下午,没有领到新书的王厚福的父亲来了,他猥琐着身子,不安分的棉絮像几只白鼠从旧棉袄的不同角落露出小脸来,站在我的办公桌旁,有些语无伦次,说先交一部分,剩下的等春耕了就捡田螺或捉黄鳝变钱。话讲到这份上,我只能担保发书,毕竟是毕业班,孩子的学业误不起。然而,当他清点带来的钱时,我的心灵被触痛了——那是怎样的钱啊,最大的面值是一元的,角币和分币都按照相同的币值一一叠好,九十几元钱把一个方便袋鼓得严严实实。他说,这是他正月初一以来到各村送财神帖讨的。白驹过隙,转眼已是十多年了,现在王厚福在农村已有一个比较体面的职业,他父亲在为他击

节时，一定是满脸沟壑吧。

学费，这个进入课堂的门票，凋落了多少少年的梦想，让不平等命运在貌合情理的轨迹上周而复始。如果学校不收学费多好啊！记得在我即将离开学校的2003年，同事们还不时羡慕那些义务教育名副其实的国度，仿佛那是一个遥不可及的梦想，谁敢奢望，盼星星来星星，盼月亮来月亮，才三四年工夫，九年义务教育的学费说免就免了，而且有的地方连高中阶段的学费也由政府埋单。普天之下，学子咸读，那是令对手怎样坐立不安的强大？

再不需要为收学费而算计，让钱财没有机会考量老师们的道德底线，从而成全一个纯粹的高尚的形象。对教师来说，这个时代的怀抱太温暖了，以致我不时有再做一回"蜡烛"的冲动。

告别饥饿

我有幸不在三年自然灾害年头出生，但生命旅程里仍经历了一段饥饿岁月。

刚进初中那年，已为人父的大哥正在师范读民师班，二哥则在高中毕业班就读。原本可以挣工分和口粮的劳力，都在"千钟粟"的独木桥上奔突，家里家外全靠父亲站讲台的那点儿工资，捉襟见肘也就顺理成章了——即使书读得再烂，断不可望"粟"果腹啊。就这样，饥饿这个不速之客，天天都要造访我的皮囊。

我与二哥同校,算是傍了大树好纳凉,但因他身处"让祖国挑选"的浪尖,这样,我反成了他的咸菜饭票供给员。由于大哥的婚事落下了粮食窟窿,摸着石头过河的土地承包责任制也才初露端倪,家里的杂粮等于主粮,更没大米让我背去换饭票了。其实,买饭票比起背米换票倒不失机巧,无奈父亲囊中羞涩,眉结周期性地在我返校前锁得更紧。多给吧不现实,少给吧又对不起正长身体的我们。为此,父亲从不主动给钱,大都看我要多少给多少。我当然知道父亲的苦衷,绝对不会多要家里一分钱,记得很长一段时间,都是三元钱打发两人六天的生活费。

　　那时,学校食堂饭票每斤二毛五分钱,为了让三元钱多发挥一点效益,我不得不舍简求繁,去学校外零食店守零票。店家为方便学生,饭票与人民币一样可以流通,当然每斤票要比学校食堂贬去一分钱。然而,就为这一分钱,我的许多课余时间都耗在了充满味觉挑逗的零食店。赔着笑脸去求那些"交易"的大同学按店家比价把票卖给我,常常难免自讨没趣,烦人啊。但这样的结果是,三元钱往往能多买半斤票。当然,多出的半斤票,我从未中饱私囊,而是悉数塞给二哥,以示对他的支持与崇敬。二哥善读,堪称全校典范。

　　随着大哥第二个孩子的光临,家里窘境亦如雪上加霜,我要的饭票钱一下子降到了二元五角,也就是说从原来歉食的牙缝里榨出了二斤饭。想想二哥的黑色七月一天天逼近,猴相一天天毕露,这二斤票的缺口又很凛然地挂在了我的名下。七两饭敷衍三餐,用今天政府部门的时髦说法叫"232"节食工程。在食堂帮厨的三舅见了,问这怎么够,我就强作笑颜哄他,说是添二茬。三舅不信,逮着空子偶尔徇点私。可惜这样的空子并不好逮,我饿得没辙,就哼着《南泥湾》去拾牙膏皮。当时废品站仅收"中华"与"芳草",每只半分钱,一个星期下来至多拾个二三两票,再留待哪餐奢侈一两,那感觉绝不逊于眼下的大宴。

　　二哥的分数终于下来了,十七岁的他成为全校文理科仅有的三个本科生之一。二哥不负众望,老师夸耀二哥为校争光,邻里恭维父母积德积福,

而我却躲在屋后阴沟里大哭了一场,心想自己终究没白饿。接下来是体检,父亲担心二哥体重不够,特地在包内藏了几盐水瓶茶水,上磅前嘱二哥多灌些。父亲饱尝"文革"之苦,落下个胆小怕事的后遗症,如此打了一回擦边球实乃迫不得已。不过,后来听说还是体检医生慈悲为怀,放了二哥一马。

二哥的大学录取通知书收到不久,农村土地承包责任制也得到进一步完善,饥饿总算从我日趋隆起的饭盒边溜走了。

校园物语

教鞭

我是一截竹棒儿,一截竹棒儿不是我。

像交警的手臂,我的天职就是指引信徒叩拜的方向。

一棵棵幼苗,因我苗壮,或者枯萎。

课本

浓施粉黛的女子,墨香四溢。

如果爱我,请进入我的心灵吧。

渴了,我是一杯水。

饿了,我是一碗粮。

愿用母性的光辉,为你照亮远方。

粉笔

让精华洁白你的视野,让糟粕化作轻的尘埃。

用完一支,续上一支。我良苦的示范,就是知识竞技场上孜孜不倦的接力。

我一天天变短,你一天天变高。

黑板擦

使黑板变得更黑,这是我一生恪守的职责。

把错误的揩掉,请书写正确的!

把狭隘的揩掉,请书写宏阔的!

把昨天的揩掉,请书写今天的!

揩掉,是为了不断地书写。

红水笔

一生只有两种表情,"√"或者"×"。

我知道,"√"是学生兴高采烈的灿烂笑脸,该用"√"我绝不用"×"。

我也知道,"×"是家长怒不可遏的鸡毛掸子,该用"×"我绝不用"√"。

做一个清明的判官,这是未泯的良心。

蜡烛

静静地,躲在课桌的抽屉里,太多的日子在等待中度过。

终于停电了，我激动得泪流满面。

请把我的名字拆开吧，熄灭的是蜡，点亮的是烛。

蜡就是蜡，烛就是烛。

画板

心有多宽，我就有多广；路有多远，我就有多长。

鱼儿在游，鸟儿在飞，桃花在妩媚……这是信马由缰的宇宙。

拿起七彩的画笔吧，请来放飞崇高的理想。

走进十月的林地
Zou jin shi Yue de lin di

第七辑
文心絮语

　　我不能不为梨花这勇敢顽强的品质所叹服所振奋。或许梨树原本没打算于冬天结果,但为春天的灿烂磨炼筋骨罢了。

　　我仍会在那片林地继续走下去,且深信我叠加的脚印虽不一定有厚度,但一定有深度。

走进千月的林地

在铁肩与妙手之间 🍃

　　"铁肩担道义,妙手著文章。"这掷地有声的十个字,能够担当的无疑包括记者。然而,在一些人眼里,当下的"妙手"似乎与文采无关,那分明是御用文人的代名词。可怜号称"无冕之王"的老记者们,今天是揭时弊、曝黑幕的"铁肩",明天是扬正气、颂新风的"妙手",因不能专攻某类报道,也就难逃变色龙的嫌疑了。

　　那年夏天,县内某矿区突发塌陷事故,好在干群营救及时,措施得当,遇险的地下作业工人除一人逃离时当场砸死,另四名矿工被泥石流灌香肠一样堵死在主巷道的巷梢,在死神淫威下战战兢兢十几小时后最终生还。当时我刚从学校借调到宣传部不久,业务上还是门外汉,单位领导却把这一重大采访任务交给了我。在当地镇政干部陪同下,我很顺利地完成了对参与抢险的干群、矿主及获救矿工的采访,但感觉要写好这篇报道,还必须下到事发矿井去身临其境,感受现场。在我的坚持下,矿井队长最终为难地开启了严封的下井吊车,经过一段黑暗后,我们到达了百余米深的矿井主巷道。隔着笨重的矿靴,仍能感觉铁轨间哗哗流淌的地下水沁凉刺骨,巷沿密布着湿漉漉的木桩,上面的白炽灯泡在水汽间朦胧,杀机仿佛就四伏在那些黑暗的角落里。猫腰来到出事巷道,泥浆里仍狼藉着竹箕、矿车、铲子这些抢险工具,队长指着一块石头说,那位遇难的矿工就是从这儿掏出来的。我打了一个寒战。出井,在此善后的副县长为我下井一事大发雷霆,但我没有辩驳我是记者,毕竟他最担心的是节外生枝。回来后,我以干群尊重生命、沉着应战为主题,弄了一篇五千余字的大特写,先后在县报、市晚报整版刊出。因资料翔实,现场感强,在读者中产生了一定影响,也得到了领导的表扬。但事隔不久,当我因事回到曾经执教的学校时,一位我很尊重的老同事笑眯眯地问我:"那篇报道县里给了你不少钱吧?"弦外之音,黄口皆知。

正面报道存在风险,毕竟有的读者对政府官员持反感情绪,哪怕报道主旨对他本人将是有益的,就像这篇稿子,尽管弘扬的是尊重生命,宣传的是科学施救,但既然新闻事实的主体是为政者,那就非一棍子打死不可。看来"妙手"是不好当的,而正义化身的"铁肩"又如何呢?

翻过年头,中央出台了一号文件,农民种粮积极性空前高涨,在报社策划下,我们几名记者倾巢而出,对当时的农资市场进行了为期一周的采访。按照分工,综合性正面报道由我主笔,在报纸上发了一个整版。同时,对存在的问题也要予以披露,只不过是发在供领导参阅的内刊创刊号上,我写的种子市场又发了头条。没想到,正面报道社会反响未来得及反馈,内刊上的文字却捅了马蜂窝,被披露问题的主管部门几次到宣传部逼着交出作者,还扬言要报以老拳。那篇文章署的是笔名,火眼金睛的他们却按图索骥,从前期的正面报道上一口咬定"始作俑者"就是我。好心同事叹息说,秀才遇见兵,有理说不清,还是三十六计躲为上吧。当时,我也能理解"委屈"部门内心那种单单要揭他们之短的愤愤不平,但这个选题是报社定的,既然我的文字没有背叛一名记者的真诚和良知,我凭什么要躲!那段时间,胸中仿佛回旋着"风萧萧兮易水寒,壮士一去兮不复还"的悲歌,唯一担心的是家人因我受累,早晚都要叮嘱孩子别被陌生人哄出了校园,也一再提醒老母和妻子进出别忘了锁严防盗门。就在这些担心被事实证明为杞人忧天时,没想到"委屈"部门又使上了另一招,他们请人代笔整了一篇咄咄逼人的"檄文",然后送达我们内刊送阅过的领导以挽回"影响",并指名道姓保留向我提起诉讼的权利。君子可杀不可辱,我几次都要去讨说法,但一想到那篇"檄

文心絮语
第七辑

文"能堂而皇之按原渠道传播,最终还是打了退堂鼓。

一位国家领导人曾在中央电视台考察时强调,要充分发挥舆论监督在党风廉政建设中的重要作用,相信在场的记者们是平添了底气的。生活中,记者之所以被一些人誉作编外"纪委",是因为存在一个事实,在记者的参与下,表象背后的真相总会大白于天下,深藏的硕鼠总会浮出水面,害群之马总会被绳之以法,但大家也不应忽略另一个事实,有那么多战地记者在硝烟中殉职,有那么多卧底记者在黑帮里丧生,有那么多揭露邪恶的记者遭到恫吓或殴打。其实,记者这一行,无冕是真,称王是假,"铁肩"也好,"妙手"也罢,哪一碗饭都不好吃,小地域的小记者尤甚。

到今天,恭维我的人只知道妙笔可生花,殊不知"妙手"会生怨,你宣传了谁或宣传了谁主管的工作,对那些未得到宣传的人来说,褒人即贬己,许多时候得罪了人还蒙在鼓里。但社会需要新闻,新闻需要记者,干了这一行,我只能像周朝子民一样做职业道德的敬畏者,别人怎么说已顾不得了。

文化人,给自己开药方了吗

都说枪杆子里面出政权,但文化的力量也不可小觑,有时甚至比坚船利炮更见威力,毕竟人是思想支配的动物。似有春风拂过,"文化软实力"眨眼间就在大江南北繁茂起来,而作为创造、传承、光大文化的文化人,在这个以"软实力"治天下的时代,一定四季如春。然而,在五彩的光环下,那些殚精竭虑地担当着洗涤尘埃、净化心灵的文化人，还是有掉链子的时候。

去某地公干，事先分头与那儿的文友约定聚一聚。一位有签单权的兄弟要尽地主之谊，在饭店订下饭局，说这边有认识的尽管喊来。赶紧在房间分头联系，在电话里客套一番后，对方就问都有哪些人参加，便谁谁谁数了几个，没料刚才还很爽快的对方迅速改口道歉，推脱下次再约。我纳闷一阵后，恍然大悟，人家曹丕早在《典论》中说了啊，文人相轻，自古而然！"和为贵"是我国传统文化重要内核，无论儒家还是道家，在这方面不但殊途同归，而且一以贯之。但因文非一体难决雌雄，不似武士，略施拳脚伯仲自见，于是文化人难免犯夜郎自大的破毛病，各以所长，相轻所短，总以为自己的思想和艺术成就无与伦比，什么人都不放在眼里，以致自负到谁不买账就跟谁急。于是，闹不团结的文人们各拉山头、互抄老底，在某个地域拉开一场旷日持久的口水战，全然不顾求同存异、互相尊重是和谐之要领。文化人的雅量，往往在圈子里是最没风度的。

如果把物质追求通俗为利，那么精神追求则可具象为名了。很多时候，名与利是一对孪生姐妹，而且一荣俱荣、一损俱损，这样，名利成为攘攘红尘杀伐目标也就不足为怪了。应该说，通过光明磊落的途径争取更大的名、更多的利，是主流社会期待的，在促进文明进程中表现出不可或缺的积极性。相反，要是尽使见不得人的流氓招数，即便窃取了再多的名、再多的利，世人也会不齿，更躲不过文化人口诛笔伐之劫。然而，在向以传统价值观捍卫者自居的文化人中，总有不怎么争气的，像那些霉变的草药。为了名利，或造假，什么假照、假唱、假画，都敢擦着脂粉招摇过市，就是被苏醒的蒙蔽者告上法庭，也要振振有词做无辜状；或盗窃，天下文章一大抄，古人今人照抄不误，国内国外兼收并蓄，权威学生剪刀开路。前不久在文学网站热传一帖，言某市一女作协主席新出个人文集，收录的六十多篇文章中，居然只有一篇是自己的"牛奶"，有如此抄技且抄出如此成就的，完全具备冲击"梁上君子吉尼斯纪录"的实力，诸如此类，不胜枚举，最后虽因轰动效应一时走红，但那种红像脓包绽开时外溢的腐血，令人作呕。文化人不择手段地争名夺

利时,同样当仁不让。

报载,成都一女作家疑因不堪笔会期间受辱,在回家的当天跳楼自杀了。就这样,蓬勃的事业、家庭的天伦、美好的憧憬,如流星坠入大气层,瞬间灰飞烟灭。我相信,在她的文字里,一定同情过瓷器的脆弱,一定欣赏过劲松的风骨,但只要跨出了跳楼的前脚,一切的一切,就是一串不忍卒读的黑色幽默。也许,她是要用生命的代价来洗刷自己的清白,而一死了之果真能洗刷清白吗?活着,才更有可能让真相大白天下,才更有可能让诋毁不攻自破,才更有可能让仇者寝食难宁。生命诚然是自己的,但发肤受之于父母,作用于社会,活着不仅仅是为了自己,还是一种责任。遗憾的是,一代代文化人的灵感遗产,却不能教化文化人,仅在文学界一百多年间,就有王国维、朱湘、海子、三毛、顾城等一大批前仆后继的"捐躯"之流,更遑论整个文化圈。成都女作家跳楼,在文化人中既非视生命如草芥的首倡者,也一定不是投身黄泉的关门弟子,掀开悲观的面纱,你就会慨叹,文化人同样是心胸狭隘、不负责任的逃避者。

文化人的不文化现象实在不忍再数下去了,要不然,文化人呕心沥血的所谓人生哲理、处世宝典等精神食粮更显画饼充饥的苍白,如同乡间剃头匠,纵能"理世上千丝万缕,创人间头顶事业",但自己的头却要别人来剃。我素来敬重文化人,也希望文化人在给别人开药方时,别忘了给自己开几服。

文学圈的帽子很温暖

　　人为什么比猴子高级？深谙戴帽子的妙处应该是标志之一。帽子好啊，夏天能遮阳，冬天可御寒，穷人家哪怕兜里没钱仓里没粮，也不可能没帽子。不需要遮阳御寒的场景，如果还戴着帽子，帽子的意义就上升到了文化层面，像那些社交场合的礼帽是绅士风度的行头，宦界游走的官帽是权柄在握的象征。礼帽与官帽固然风光，但不是什么季节都戴着舒坦，若在炎夏非闷出一头大汗不可。在这方面，文学圈的帽子有着不可比拟的优势，它们如缥缈的云彩，虽比诗歌还要空灵，却于无形中赐阴凉、送温暖。

　　知道文学圈的帽子可以直接创造经济效益，是广东一家杂志的编辑透露的。那时，我在学校教书，偶尔写点小品文，广东这家综合类教育杂志当然是我的投稿首选，时间一长，就与一个姓魏的老编混熟了。与内地相比，广州那边在稿费上同样展示了发达地区的豪气，千字稿费居然有二百元左右。我在窃喜一段时间之后，终于忍不住探究他们的稿费标准，他神秘地说，还有更高的呢。原来，他们取稿虽不薄新人，在稿费上还是好厚名人，譬如中国作协会员的东西，可达千字千元。也就是说，即使读者不一定能通过文字甄别出我的级别，但因为没有中国作协会员那顶熠熠生辉的帽子，我只能获得他们五分之一的稿酬。一度被"抄袭门"事件困扰的郭敬明小弟，2008年年底以一千三百万元年收入再次蝉联"中国作家富豪榜"之冠，没

准一部分润资就跟文学圈的帽子有关呢。

写作是个苦差事，写烦了，写累了，或者写不下去了，作家们就惦记着到外面转转，但作协都是清水"衙门"，虽有闲却无钱，打死也不会自己掏腰包搞旅游。无奈那边的风景迷人，这边的风情诱人，要想鱼与熊掌兼得，既饱眼福，又饱口福，而且还能风风光光地游出尊严来，也不是难事，只要把旅游脱胎换骨成采风就算搞定了。采风这个词是作家琢磨的，前世今生也是为作家服务的，多巧妙啊，贴上了采风标签，旅游的休闲性立马被涂抹成野外创作的崇高性。你想呀，哪个小景点不指望作家的妙笔来提提人气，哪个大景点不希望有更多的名篇来锦上添花，毕竟名噪海内外的景观中，的确不乏借某位大家而因文盛名的。于是，但凡有说客牵线，这样的好差就能一拍即合，至于采风作家们的吃住行，自然由对方埋单。前不久，在山西"日升昌票号"门口的宣传板中，见到年代最近作家"语录"是余秋雨先生的。我当时就想，作家当到余秋雨那份上就算当出优越感了，只要有去某地一游的动念，人家八抬大轿准到门口候着。相反，余老头子要不是大作家，或者说在文学圈子里说不上话，那些"傍文族"美女也断断不会要一厢情愿地用"一夜情"来意淫他吧。

作家的谋生手段当然是作品，用作品换银子，不但不是投机倒把，而且很风光。但现在文学市场这块蛋糕被不同的媒介分解了，特别是一些受众日渐式微的文学门类，几乎到了风雨飘摇的窘境，作品卖不出去，或者不得不贱卖，要继续从前的日子，就必须把闭门创作的时间和精力投入"走穴"创收上来。前不久，有幸看到一份合同，当事方分别是某文学团体和某地方政府，核心内容是该文学团体授予该地"中国××之乡"称号，地方政府除承担所有授牌活动费用，还要准备冠名费、创作费十二万元"红包"。最后是，地方政府一拍脑袋，纳税人的二十多万变成了一顶文学圈的帽子。估计有眼力的人看出来了，商界高人其实是作家，人家尽干无本营生，商品就是用"概念"织成的帽子，如同寓言里皇帝的新衣，卖家光着身子来，拿着钱袋走，买家还要叩首道谢。所谓一棵草禾有一滴露水养，只要那些文学团体的掌门人愿意出摊并层出不穷推出新款式,完全可以靠卖文学圈的帽子过上体面生活——毕竟中国有那么多的县市。至于曹雪芹被饿死,活该在九泉之下反省去。

文学圈的帽子很温暖,制造者和消费者都是受益者。

走进十月的林地

每当思想碎片储积脑中扰人安宁时,我都会步入那步林地,这已是积年之习了。唯有静谧的林地方可晾晒心灵秘密,然后将可堪成章的那部分挑拣缀连,求得几日轻松。只是挑了一批,又冒出一茬。如此,我终究成了林地的一部分,或曰林地成为我生活中不可或缺的空间。

我总固执地认为,写作过程就是思想的分娩过程。分娩既是痛苦的,更是激动人心的。那些客观或虚设的意境虽不一定感染别人,却定然会感动自己。都说作者痴,谁解其中味?可以说作者都多愁善感,哪怕为一枝一叶。当年汤显祖在创作《牡丹亭》时不也倒于柴房放声疾哭吗?问题是好好的就泪流满面,如此匪夷所思的举动别人不说你有神经病才怪了。因此,为尘世形象计,搞文艺的都需要一个高歌与宣泄之所。譬如我将自己埋在那片林地,管他春夏与秋冬,都可让思绪或游于草木间,或翔于白云下。当然林地的幽静并不一定就能使我才华横溢,文思恣肆,事实上我不少稿子被编辑们掼进了废纸篓。但这并不能怪林地,而且我仍会继续思考下去,继续将文

文心絮语
第七辑

稿寄给编辑。这种不懈权作"妆罢低声问夫婿,画眉深浅入时无"的类举吧。

现在是十月,大地犹步入了暮年,到处透着被收拾后的空馨与荒凉,那片林地同样是无边落木萧萧下,而这种山寒水瘦却使林地有种秋水澄明的韵致。放眼望去,唯有梢尖尚存些许黄叶在凄美摇曳,以示傲睨自然的气概。但自然之力谁可违抗?可以想象再过不了多久,它们也会归入泥土,使得整个林地仅剩光秃枝干。我想,莫非那是一只只向上苍祈请春天的手?

目光绕过枝丫,羁于一株挂了三两点白亮的树上。是雪吗?不会,虽入冬天,还不至于下雪。是花!走近我才惊诧野梨居然在这个季节开花。我想起了"厄尔尼诺",也想起了"十月小阳春",但无论因谁均说明了梨树对自然的要求很低,有了这样的气候,就足以让它放飞理想。当然,我深知十月后面是冬月是腊月,这些梨花注定不会在春天能授粉结果,所有希望都将被严寒封杀。然而,我不能不为梨花这勇敢顽强的品质所叹服所振奋。或许梨树原本没打算于冬天结果,但为春天的灿烂磨炼筋骨罢了。

我仍会在那片林地继续走下去,且深信我叠加的脚印虽不一定有厚度,但一定有深度。

第八辑
史海钩沉

　　其实，不单勾践和刘禅，即使是渺如草芥的芸芸众生，都逃不过历史偏激的势利眼。一些人被美化，一些人被丑化，像水洇的老照片，在时间深处面目全非。

糊涂郑板桥

　　某日，去朋友家串门，见客厅里醒目着一条横幅，"难得糊涂"。朋友在仕途上披荆斩棘，屁股下占着一把热烘烘的椅子，不说世事洞明，也算人情练达，在家里装裱这幅字，颇有点匪夷所思。他到底是精明还是糊涂？到底是揣着明白装糊涂还是的确糊涂装明白？到底是借此明志还是附庸风雅？我不得而知，倒是觉得对"难得糊涂"拥有绝对知识产权的郑板桥先生，虽表达了刚正不阿的人格魅力和不入俗流的自我救赎，但如果翻开他的履历，你也许会惊诧不已，这哥们儿还真有犯糊涂的时候。

　　郑板桥出身于书香门第，虽到他父亲这一代已家道中落，而且在四岁时就经历了丧母之痛，但比起一落地就注定是渔夫樵子接班人的孩子来，他又是幸运的。譬如，他的父亲是教书先生，可学俸养家，可餐点牙祭，即使死了老婆还有能力续弦，还有能力为儿子请乳娘。郑板桥后来之所以能在诗书画上成为三栖明星，洛阳纸贵，固然得益于勤奋与天资，亦与学养家传、近水楼台不无关联。凭着一支画笔，几滴墨香，青年郑板桥设塾真州，卖画扬州，虽非日进斗金、香车宝马，也可养家糊口、人五人六，上青楼下馆子游历山水什么的，不像孔乙己为银子犯愁。他在扬州美协、书协属当家生旦，在京城也以书画做敲门砖，与康熙皇子、慎郡王允禧等皇家子弟交游甚密。纵观当今文艺界，混出如此模样者能有几人？然而，郑板桥在不惑之年还是犯了糊涂。三年清知县，十万雪花银，"公务员"如此高薪，大凡读书的都想挤上独木桥。郑板桥当然不能免俗，也忘记了自己是哪块料，便得陇望蜀、扬短避长，一脚踏上险象环生的官宦征途。虽在四十四岁前，顺利地中了举人、赐了进士，但怀揣三年才产生三百个的顶尖学历，还是要待业家中，直到五十岁总算候缺放了个七品官。在求取功名的十年间，郑板桥日无进项、存折亏空，以致结发妻子去世多年都无钱续弦，最后还是江西友人慷慨资助，才又睡上了热炕头。

古代推崇学而优则仕，貌似公平，却不符合学以致用的人才观，以为政治家就是"万金油"批发商，忽视了作为一门学问所必需的天赋与修养，让一些禀性难移、变通乏术的学究，在误入宦途后水土不服，举步维艰。郑板桥先后在山东范县和潍县做了十二年知县，在两地子民眼里，他是仁慈的父母官。"衙斋卧听萧萧竹，疑是民间疾苦声。些小吾曹州县吏，一枝一叶总关情。"在墨竹图上的这首诗题，充分表达了郑"县长"情牵百姓、心系民生的执政理念。下基层、访民情、恤民苦，打黑除恶，秉公办案，每到一地，虽事业风生水起，百姓安居乐业，但上级组织部门就是视而不见，不予升迁。原因很简单，口碑百姓说了算，官帽组织说了算，他在官场混迹十余年，却浑然不知"不跑不送原地不动"的潜规则。而更糊涂的是，他在潍县主政时，适逢大灾，为救灾民于水火，以防"朱门酒肉臭，路有冻死骨"引发更大的社会矛盾，下令无论官仓民仓，一律应急赈灾。那些富绅巨贾盘剥多年的积蓄一夜蒸发，哪里咽得下这口恶气，几张状子快递上去，郑板桥就因赈灾不当被参，并迫于压力引咎辞职。上面说，姓郑的你胆子也忒大，幸亏是个小县令，要是做了宰相，皇亲国戚的家产都没保障！是时，郑板桥已六十一岁，按说也到了退居二线的年龄，关键是怎么退的问题。被迫辞官可不比光荣退休，既丢面子又无待遇，惜别僚属时，他强打精神，在一幅菊花图上题诗曰："进又无能退又难，宦途局蹐不堪看；吾家颇有东篱菊，归去秋风耐岁寒。"旷达里透着几许无奈。看样子，不想当官是假话，不会当官是真话。

丢了官，又没五险一金，郑板桥只好回到扬州老根据地，重操卖画旧业。

史海钩沉
第八辑

他每画必题诗,每诗必寓意,诗画映照,意境深远,犹余音绕梁,余香袭鼻,再加上那么一点北大学子当屠夫的猎奇效应,门槛很快被挤破了。书童盯着废纸篓发呆,仿佛那是一篓碎银子,趁着主人二锅头就花生米的空当,把废纸篓里的草稿偷偷拿去装裱捞外快。老郑发现后,也不点破,还故意写了草稿"不可随处小便"偷着乐,没料这六个字照例出现在书画铺里,只是装裱后提升了品位——"小处不可随便"!郑板桥推了推老花镜,瞠目结舌。但糊涂的他,并没有从中得到启发,虽开列了"大幅六两、中幅四两、书条对联一两、扇子斗方五钱"的润利,仅仅满足于小打小敲换几个酒钱。碰到富商豪门求画,还喜欢耍个小性子,老子没钱也不卖。其实,凭他的艺术造诣和业界影响力,找钱的路子多了去:或聘请书童做自己的经纪人,像石油输出国组织欧佩克,限量供应,操控市场;或创办郑燮书画全国连锁兴趣班,让望子成龙的家长们放血;或策划"大清·扬州"书画大奖赛,聘任金农、汪士慎、黄慎、李鱓等其余"扬州八怪"做评委,你给参赛费,我给你颁奖,各取所需,两全其美;或租个杂志刊号,满足书画爱好者的发表欲,收取不菲版面费;甚至,还可以在"粉丝"里物色天真女青年培养感情,免得找老婆要人家资助,有面无颜。可惜郑板桥神经搭错了,放任一打发财房色的机遇擦肩而过,于1766年,在孤苦伶仃中捧着金饭碗凄凉谢幕。

在2011年春拍会上,郑板桥的《行书诗翰》以4370万元刷新个人成交纪录,看到这则消息,我的第一感觉是现在人太有钱,第二感觉是郑板桥太亏了,即使在九泉之下还要给活人当印钞机。当然,二百五十年的岁月河流,足以淘空许多人事痕迹,而郑板桥的艺术和思想还有历久弥香的市场,也许他的"糊涂"还是有些道理的。

蒋钦之死

午门在故宫历史上地位特殊,正门除了皇上进出,皇后只许大婚进一次,殿试只许一甲出一次。大凡圣旨传诏、凯旋献俘、新历颁布等重大活动都在这里举行。据说午门斩首是假,廷杖是真,如果皇上看谁不顺眼了,即使是劳苦功高的重臣,难免要尝一尝廷杖之苦。有史家统计,明朝遭廷杖的官宦达五百之众,那些抗击打力弱的、被政敌指使校尉往死里打的,致残算幸运,致死不新鲜,而御史蒋钦就是杖毙午门的冤魂之一。

明弘治九年(1496),38岁的蒋钦参加了殿试"国考",虽无缘从午门正门风光一回,但毕竟入了三甲,赐了进士,大抵祖宗烧了高香。蒋钦出仕即在"政法系统",先任卫辉推官,相当于基层法院院长兼审计局局长,后任南京御史,相当于中央驻地方的纪委监察特派员。也许当时选拔干部没多少条条框框,也许政法干部在那时就已高配半级,反正他从地方官拔擢京官仅用了几年时间。御史职责是整饬政风、遏制腐败、针砭时弊、谏言立论,参上谁一本,当事人极可能被"双规"、被"双开",乃至人头落地,九族株连,威力不可谓不大。但御史的监察对象毕竟是同僚,甚至是师友,是同年,你若睁眼瞎别人要参你渎职,你若今天让尚书体无完肤,明天让侍郎无地自容,大后天让皇帝老儿下不了台,必然腹背树敌,四面楚歌,哪天风向一转,打击报复也够你喝一壶。其实御史邀功如火中取栗,虽可逞一时之快,但奏疏这把双刃剑,一撇一捺不亚于刀尖上跳舞,像蒋钦便是在正德元年(1506)弹劾刘瑾时翻了船。

要了解刘瑾,先看两个排行榜。一个是中国历史奸臣排行榜,他在十名之内;另一个是世界千年财富排行榜,他在五十名之内。刘瑾是宦官,宦官当道在历史上并不奇怪,怪的是这家伙自正德初年得势,仅用五年时间就富甲天下,每年的灰色收入堪与朝廷的财政收入匹敌。这么说吧,要是按当下的汇率换算,入选 2012 年胡润全球富豪榜的中国内地首富宗庆后也相形见绌——人家刘公公两百个亿呢,还是美元。这些财富是怎么弄来的?蒋钦在奏疏里写道,"昨瑾要索天下三司官贿,人千金,甚有至五千金者。不与则贬斥,与之则迁擢。"收人钱财,成人之美,此乃官场潜规则,而刘瑾则敢于突破规则掣肘,毒手聚财,雁过拔毛,海绵吸水太过斯文,淫威榨油才叫痛快。升迁调任者要贿,视察归来者要贿,不求政治进步只想熬到平安退休者亦要贿,不然豢养在东厂、西厂的特工们就要找碴重刑侍候。一官员巡视基层后,因未筹足贿金一千两银子,不敢回京,最后跳江自尽。刘瑾专权贪腐,朝野敢怒不敢言,蒋钦则义愤填膺,誓与飞扬跋扈的刘瑾不共戴天。但这时的刘瑾在皇帝左右,也左右皇帝,收拾一个御史易如囊中探物。

出现包藏祸心的贼臣不一定可怕,遭遇忠奸不辨的昏君最最可怕,若要推选历代昏君,武宗朱厚照胜出概率可能不亚于千足金含量。据说幼时的朱厚照聪明伶俐、过目不忘、尊敬师长、团结同学,大家都以为这是一代明君的好苗子。弘治十八年(1505),他的父皇孝宗一命呜呼,年方十五的朱厚照不得不辍学登基,改翌年为正德元年。朱厚照稚气未脱,羽翼未丰,又赶上青春叛逆期,既有贪玩骑射的顽劣,又存武力建功的幻想,孝宗死不瞑目啊,咽气前专门在乾清宫托孤于大学士刘健、谢迁等大臣,说"东宫聪明,但年尚幼,好逸乐,先生辈常劝之读书,辅为贤主"。没想到,刘健这帮大臣辅佐方案尚在腹稿阶段,太监刘瑾已先人一步利用朱厚照的弱点,因势利导、煞费苦心哄他找乐子,并轻而易举取得了宠信。每到兴致处,刘瑾趁机奏事,而这时的朱厚照小朋友只顾着玩儿,哪里还记得社稷安危、臣民苦乐,一挥手让刘瑾看着办去。就这样,肆无忌惮的刘公公可以放着胆儿操控朝政、安插亲信、打击异己、搜刮钱财了。这是一页不忍卒读的阴暗历史,刘瑾窃权逞威、如狼似虎,朱厚照荒废朝政、失察纵容。当然皇帝也是人,大家不能苛求他不犯错,痛心疾首的是他闻过不喜、知错不改,没有认知错误的睿智,没有面壁思过的自觉,没有开门纳谏的胸怀,以致蒋钦谏言除奸时,不但未获"打黑英雄"、"反腐先锋"荣誉称号,反而招惹灭顶之灾。

　　弄权者呼风唤雨、指鹿为马,不过是回光返照,因为上帝要他灭亡必先让他疯狂,邪恶的软肋就是与正义打持久战,刘瑾的下场再次印证了这一点。正德五年(1510),右都御史杨一清等率兵平息宁夏安化王叛乱,在班师回朝的路上,他与几位大臣咬好耳朵,趁献俘礼龙颜大悦之际,亮出叛乱祸起"清君侧、诛刘瑾"的铁证。武宗已至弱冠之年,心智渐趋成熟,一看革命革到自家头上,终于震怒了。下旨籍没刘家,珠宝金银无数,还有玉玺之类禁物,好生后怕,遂横下心要将其凌迟处死。刘瑾被千刀万剐、食肉寝皮是罪有应得,但九泉之下,蒋钦若知道此役的总策划杨一清也是御史,没准拍破栏杆? 时武宗少年即位,忠奸莫辨,难堪重任。而刘瑾嚣张狂妄,如果韬光养晦、避其锋芒,或可伺机智取。蒋钦第一次挨了三十廷杖后,又上了这第二道奏折,"陛下试将臣较瑾,瑾忠乎,臣忠乎? 忠与不忠,天下皆知之,陛下亦洞然知之,何仇于臣,而信任此逆贼耶? "但对一个十五岁的孩子、一个被内宫宦官"八虎"迷惑的幼主,纵忠心可鉴、以死相谏也难以感化只有符号意义的皇上,指望他幡然醒悟、铲奸除恶未免天真固执,徒添口实、再挨廷杖可以预见。廷杖是扒了裤子轮番打,一些细胳膊细腿的大臣无须三十杖就要见阎王,而蒋钦挨了两轮三十杖尚能伏在草席上写奏折,体质不可谓不扎实,这时他要审时度势、知难而退,或许能捡条老命,但他置祖灵警示于不顾,义无反顾地用第三道奏折再换致命的三十廷杖。

　　蒋钦之死是必然还是偶然,听着轻音乐的旁观者,左手可以漫不经心地翻看发黄书卷,右手可以心猿意马地移动天平游砝。但必然与偶然,从来没有销声匿迹的打算,它们如同两头外表温驯的野象,冷不丁就有了脾气。成与败,生与死,人生的路线图总被一次次篡改!

李白为何跨不过仕途这道坎

在县城南郊,有一处"太白书台"文化遗存,或春暖花开,或秋高气爽,皆不乏慕名拜谒者,毕竟能独领风骚一千三百年的浪漫诗人唯有斗酒百篇的李白。尊为诗仙,是后辈对李白诗歌成就的推崇,而卸官后在我们宿松云游时留下的太白书台,则让人难免为其狼狈的从政生涯扼腕感慨。虽然先生曾豪言"天生我材必有用",但骨子里的致命硬伤,注定了他的仕途不可能如诗歌那样风光空前,这道坎即使穷尽一生也无法跨过。

李白五岁诵六甲、十岁观百家、十五好剑术、十五游神仙、十五观奇书,与当时其他学子一样,无非"学好文武艺、货与帝王家",以期挤上出仕入宦的独木桥。按说,志向高远、年轻好学、涉猎广泛的他,在政府的选拔考试中一定能过关斩将、金榜题名,但出乎意料的是,直到六十二岁终老当涂,居然连个秀才的名分都没弄到。当然,这不能诿过于无德无能无运气,而是他拒不遵守科举取士游戏规则,大凡乡试、会试、殿试一概不参加。他想啊,文凭不如水平,别看俺非秀才、非举人、非进士,穷书生一个,但不鸣则已,一鸣惊人,俺属于管仲、范蠡、诸葛亮一个级别的准政治家——难道满腹治国平天下的韬略还抵不上一纸文凭?殊不知即使到了今天,文凭仍在官场大行其道,要想政治生命青春永驻,本科是小儿科,再没时间再没精力,起码也要混个无门槛的在职研究生。君不见,七品处干招考公告上,就白纸黑字嚷嚷着博士学历可优先。尽管后来李白费尽周折,好歹在中年当了一年多京官,但连南宋的小字辈陆游都瞧不起他,"以布衣得翰林供奉,此何足道哉!"无文凭,为李白埋下了仕途受阻的绊脚石。

别看李白抵制科举取士,跃身卿相的美梦却像电视连续剧一夜都没间断过。他坚信,是金子总会发光,并能得到圣上的垂青。从二十多岁开始,或屡写言过其实的自荐信去投石问路,或素与玉真公主等皇家贵胄套近乎,或广交杜甫一帮文艺界宿将新秀,如此扑腾十几年,终于获得宣传炒作的丰厚回报。唐天宝元年(742),名声惊动了金銮殿上的唐玄宗,并赐翰林供奉闲职一个,在皇帝身边拟拟文件、填填浮词。都说近水楼台先得月,李白虽无实权,但只要唯唯诺诺、恭恭敬敬、规规矩矩、服服帖帖,夹着尾巴当好奴才,在朝廷混个离休干部易如囊中取物。无奈不习惯厚黑学潜规则的他,还是忍不住暴露了放浪狂傲、口无遮拦的破毛病,说什么"安能摧眉折腰事权贵,使我不得开心颜"。这还不算,他甚至敢冒天下之大不韪,屡施小计,挑衅权贵,要皇帝给他调羹,要高力士替他脱靴,要杨贵妃帮他捧砚,虽痛快一时,却四处树敌,成了比寡人还寡人的另类。好在玄宗慈悲为怀,在将玩火自焚的李白扫地出门时,耍了个"赐金还山"小手腕,好歹挽回几分薄面子。不奴才,为李白插上了仕途受阻的闭门闩。

离开了尔虞我诈、欺上瞒下、钩心斗角、险象环生的名利场,李白又可以于青山绿水间自由飘逸,在黄河、长江中下游地区"浪迹天下,以诗酒自适",所到之处,无不花雨驿路。"两人对酌山花开,一杯一杯复一杯,我醉欲眠卿且去,明朝有意抱琴来。"这首诗就再现了他在太白书台同宿松县令闾丘交游时的情致。现在,李白如鸟之归林,鱼之潜渊,颇为怡然自得,但如果你以为他追求的就是这种闲云野鹤般生活那就错了,要不人家怎么会哀怨"抽刀断水水更流,举杯销愁愁更愁"呢。天宝十四年(755)安史之乱爆发,次年冬,走出庐山隐居茅庐并被邀入永王璘幕府的李白,抱着消灭叛乱、恢复国家统一的伟大理想,再一次播下了在政治上梅开二度的种子。按照玄宗指示,永王璘与太子亨各统一路大军合击安禄山,但动乱平息,兔死狗烹,

迫不及待夺过龙椅的李亨眨巴眼就把与他并肩剿乱的弟弟李璘给杀了。受株连的李白虽幸得郭子仪等惜才忠臣的多方营救，捡了条老命，而流放夜郎对一个年近花甲的人来说，那何尝不是生不如死的苟延残喘？其实，李白这次出山，作为实现政治抱负的最后努力，也不是没有成功可能的。试想，如果当初他的政治嗅觉稍微灵敏一点，折身把赌注压在太子亨身上，结果又是怎样呢？站错队，为李白布下了仕途受阻的滚雷阵。

"蜀道难，难于上青天。"对李白的政治命运来说，再没有比这更贴切的描述了。他一生总认为怀才不遇，事败垂成，却浑然不知自己要负主要责任，不知自己的价值定位一开始就出了问题。如果天生是李白，最好心无旁骛地坐在书台上挥洒才情，即使去卖点红薯，也一定比误入仕途强得多。

想起勾践与刘禅

隔着几千年的长河，之所以请出勾践、刘禅两位政治明星同台"走穴"，是因为他俩有相似的前半生，迥异的后半生，以及截然不同的教材意义。

范蠡曾告诫主子，擅动兵器，必遭天谴。这话得到了印证，先是老吴王阖庐动兵遭越军射杀，后是越王勾践欲先发制人反被阖庐的接班人夫差困于会稽。面对败局，曾经呼风唤雨的勾践，像具备超凡适应能力的变色龙，不为玉碎，宁为瓦全。他哭着鼻子求吴王夫差，您就答应收我做奴仆吧，还有我的妻子，那么美艳，您要不嫌弃就让她做您的侍妾吧。昔日不可一世的对手，成了卑躬屈膝的丧家犬，夫差心一软，没听伍子胥谏言，放了勾践一条活路。

国仇家恨对任何有血性的男人来说，那叫一个切肤之痛，帝王怎不耿耿于怀？为雪奇耻，勾践尝粪问疾、卧薪尝胆，如此熬过二十年，终于创造了"三千越甲可吞吴"的伟绩，一举成为忍辱负重、发奋图强的精神典范。只是吴王夫差冤大了，人家犯在他手里，他饶了人家性命，而他犯在人家手里，想得到同等待遇，门都没有。一个意志被磨炼得比冷铁还坚硬的人，往往有人所不能之力，人所难为之举，乃至人所共耻之忭。也许范蠡是这方面的学问家，帮勾践完成霸业后，逃得比兔子还快。他的战友大夫种，下场则是以生命做代价，为"兔死狗烹"再添个案。然而，那些镶嵌于勾践体肤上的暗斑，在卧薪尝胆的光环下，一一丧失了话语权。

成则英雄，败则狗熊，若对号入座，勾践当仁不让占着前排，刘禅就只能掩面往后面钻了。在历史的股掌之间，蜀汉后主刘禅是个不折不扣的窝囊废。乐不思蜀，这辛酸复无奈的四个字，像一锭松烟墨，纵借天河之水，都洗不干净。

翻开《汉晋春秋》，曹魏的铁蹄急如骤雨，刘禅的帝王梦也寿终正寝。虽被赐封为安乐公，但身沦人臣，赐封无非一记扇了不许喊的耳光。家国不存，威仪扫地，苟安敌手，只能在梦里神游故国，只能在梦里宠幸宫妃，也只能在梦里发号施令，这岂是做了四十一年"总统"的刘禅能接受的？我相信，彼时的刘禅应该动过殉国的闪念，但为了蜀汉臣民的安危，他必须咬紧牙关，韬光养晦，屈辱偷生，幻想能重整旗鼓，伺机让东山再起成为现实，像勾践一样痛雪前耻。所以，当司马昭借宫中舞宴测试刘禅有无野心时，他说："此间乐，不思蜀。"没料想，一语既出，"雷倒"世人。其实，与勾践投降时的媚态比，刘禅更值得尊重，如果老天爷也眷顾他一次，谁说那不是特殊情势下的过人智慧？不信，看看南唐后主李煜，仅凭一句"故国不堪回首月明中"，脑袋就搬了家。我想，历史之所以把刘禅刻画成"扶不起的阿斗"，除了他没有勾践的幸运，如此盖棺论定还可以收到反衬的艺术效果，以利凸

显诸葛亮的威名。

千百年来,诸葛亮的化身大抵是忠义神,是工作狂,是大智囊。当年,蜀汉先主刘备托孤于他,进一步巩固了其鞠躬尽瘁、死而后已的牌坊。如履薄冰的他,也许是谨慎有余,即使刘禅能当家做主了,仍把持朝政、事必躬亲。诸葛亮如此尽忠,雄心勃勃的刘禅就为难了,虽有国君之名,却无帝王之实,为避免内廷起火,祸及黎民,他只能顾全大局,一次次松开紧攥的拳头,维系君臣手足之谊,并慢慢养成谦恭、忍让、理智的个性。无奈当时实力本就最弱的蜀汉,最终没有实现以弱胜强的大逆转,这个责任总得理论一下吧,而且总不能说是诸葛亮辅佐不力吧,找谁背黑锅呢? 最合适的人选非刘禅莫属了——谁让他留下乐不思蜀的口实!

草木一荣枯,身后本无事,但这不是谁能左右的,千秋功过只能听任历史摆布。特别是那些被笔墨侍候的君王,帽子上总会标着或明或昏或仁或暴的标签,宿命地接受历史的褒贬。其实,不单勾践和刘禅,即使是渺如草芥的芸芸众生,都逃不过历史偏激的势利眼。一些人被美化,一些人被丑化,像水涸的老照片,在时间深处面目全非。